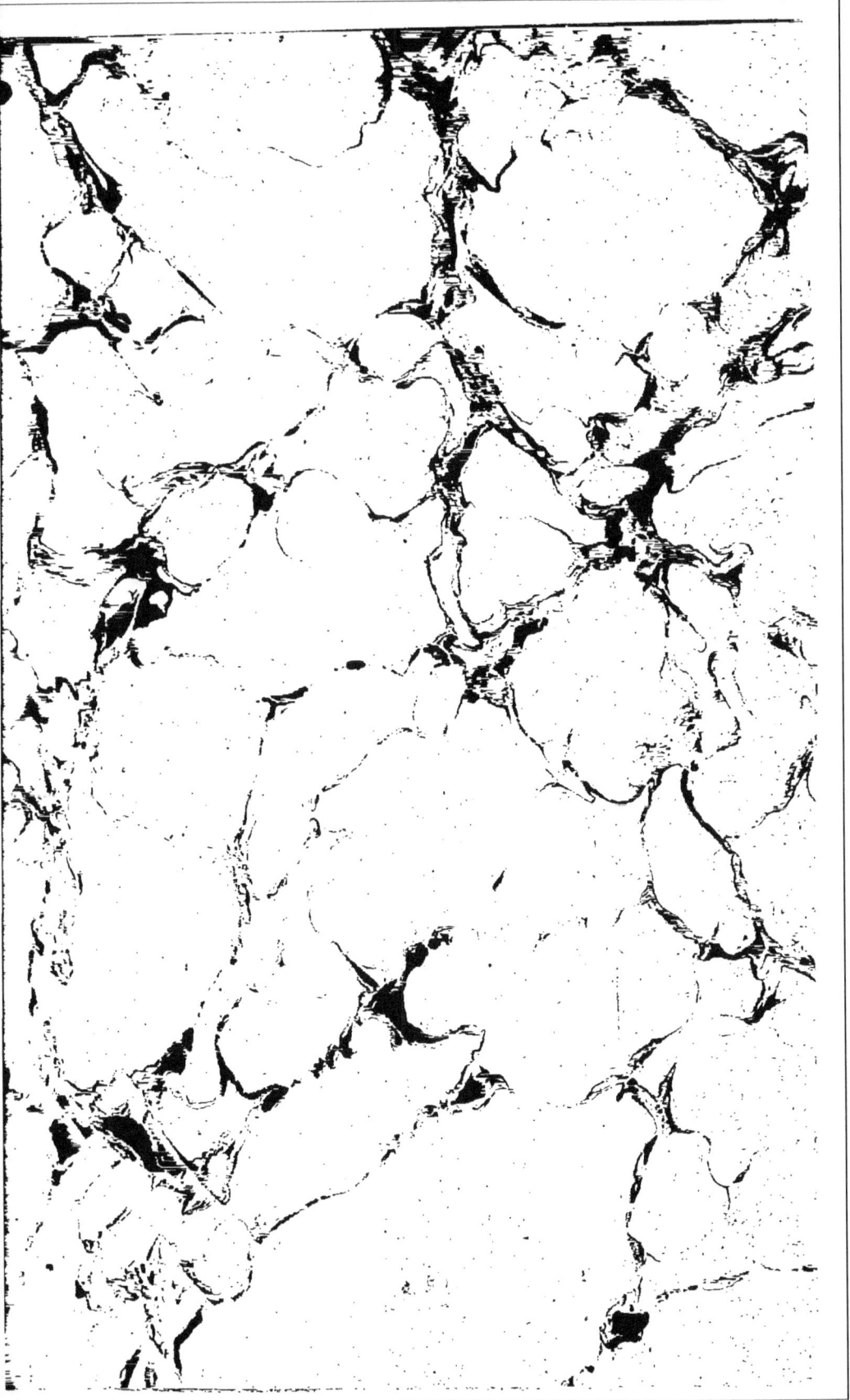

# EDMOND BENJAMIN & PAUL DESACHY

# LE

# BOULEVARD

## Croquis Parisiens

PRÉFACE PAR OCTAVE JUSTICE

DEUXIÈME ÉDITION

PARIS

G. MARPON ET E. FLAMMARION, ÉDITEURS

26, rue Racine (près l'Odéon)

1893

# LE BOULEVARD

EDMOND BENJAMIN & PAUL DESACHY

# LE
# BOULEVARD

## Croquis Parisiens

PRÉFACE PAR OCTAVE JUSTICE

PARIS

G. MARPON ET E. FLAMMARION, ÉDITEURS

26, rue Racine (près l'Odéon)

1893

# PRÉFACE

———

*Mon cher Benjamin,*

*Tu fais un livre, c'est bien ; il réussit, c'est mieux : j'ai ton esprit pour garant du succès.*

*Mais pourquoi diable vouloir une préface? Et pourquoi surtout la demander à un effacé comme moi ?*

*Voyons, Benja, tu es dans le train ; tu sais bien que c'est suranné, c'est vieux jeu, une préface ! De deux éventualités l'une : ou l'auteur du volume n'a pas de talent, et c'est le préfacier qui triomphe médiocrement, aux frais de la camaraderie, sur la pâleur des trois cents pages que vingt lignes de sa prose ont suffi à éclipser ; ou c'est l'écrivain dont la mâle valeur est supérieure aux pénibles efforts du d'Ormesson littéraire qu'il a courtoisement prié, par pure routine d'étiquette, de le présenter à ce hautain seigneur S. A. le Public... Alors, quoi ? C'est le préfacier qui est sacrifié. Serait-ce à cette immolation que tu me convies ?*

*Le temps n'est plus où Frizepoulet pouvait dé-*

clarer que dans la baraque dont il faisait la parade ce qu'il y avait de meilleur c'étaient les bagatelles de la porte. Il n'y a plus de baraques, il y a de vrais théâtres. Et depuis que les Corvi et autres impresarii forains se sont mis à moderniser, la Société des auteurs traite avec eux, pour eux le Conservatoire confectionne des étoiles sur mesure et à tout prix, vers eux Mme Manchaballe serait, Clémenceau et Bischoffsheim me pardonnent, presque disposée à démocratiser son dévolu : la pièce qu'on joue à l'intérieur vaut mieux que celle dont le bonnisseur régalerait les militaires et les bonnes d'enfants, sur les tréteaux de l'entrée; ou plutôt il n'y a plus de tréteaux, il y a le contrôle; il n'y a plus de bonnisseurs, il y a des sous-Coquelin en tournée de banlieue; il n'y a plus de théâtre de la foire.

C'est un peu le cas de ce livre, où les quelques lignes dont je n'ai pu refuser la libation sur l'autel de l'amitié — au rebours de je ne sais quelle œuvre de laquelle on put dire que la préface était la seule chose qui en fût bonne — paraîtront, j'en ai grand'peur, un bien médiocre hors-d'œuvre avant les succulences d'un menu copieux et si délicatement varié.

Non pas que j'aie l'impertinence d'esquisser la moindre comparaison entre ton œuvre et le théâtre de la foire. Mais, enfin, n'est-elle pas un peu, puisque tu y fais défiler tout Paris, comme la fête à Neuilly, où la mode fait courir tout ce que la grand'ville compte de Parisiens parisiennants ? Seulement, ici, ce n'est pas la cohue, mais le gratin.

*Qui donc pouvait nous en parler, nous initier
à ses dessous intéressants, mieux que toi, mon
cher Benjamin, qui le connais pour en être, qui
depuis vingt ans l'a fréquenté, en a surpris les
curieux détails et recueilli les anecdotes, thésau-
risant dans la tire-lire de tes souvenirs cette
menue monnaie courante de parisianisme qui se
prodigue insoucieusement tous les jours dans les
potinières et dans les cabinets de rédaction; toi
l'homme du monde qui par tes relations es un
peu de tous les mondes, qui fus l'ami de Vitu et
qui es celui d'Emilienne d'Alençon, qui, après un
bon mot avec Batiau, échanges une cordiale poignée de main avec Sarcey; boursier, journaliste,
secrétaire de théâtre, aimé de tous, adoré —
dois-je le dire? bah! allons-y, — adoré de toutes.
Tu t'es adjoint un collaborateur non moins en
posture que toi d'être initié et de nous introduire
aimablement dans les coulisses ; les portes des
salons lui sont ouvertes par son éducation, celles
des milieux littéraires par son mérite. S'il n'a pas
ton expérience, son impatience d'arriver lui fait
doubler les étapes, et ses records littéraires sont
déjà de ceux dont on peut parler honorablement :
à l'âge où tant d'autres en sont encore à se col-
leter péniblement avec le formulaire du* bachot,
*il faisait applaudir d'enlevantes poésies à Paris,
à Luchon, à Lille ; il troussait d'agréables fan-
taisies pour maints journaux. Heureuse jeunesse, qui, en cette fin d'un siècle vertigineusement
pressé de jouir de son reste, trouve le moyen de
faire œuvre de notoriété entre deux chansons ou
deux baisers ! Les bacheliers vont vite, dirait la*

*ballade, si elle était à refaire. Et je ne sais pour-*
*tant si de vous deux, Desachy et toi, ô Edmond,*
*ce n'est pas la souriante aménité et ta belle hu-*
*meur qui emporteraient la palme de la juvénilité.*

*Mais je tourne en vain pour trouver une échap-*
*patoire. Tu me tiens : il faut s'exécuter. Soit. Je*
*m'y mets.*

### Mesdames, Messieurs,

*Le livre que j'ai l'honneur de vous présenter*
*est un ouvrage qui... un ouvrage que... ah! flûte!*
*Je ne saurai pas m'en tirer comme ça.*

*Imaginez-vous qu'il pleut, que la boue, la neige,*
*le verglas, le rhume, l'influenza, que sais-je? vous*
*calfeutrent chez vous. Vous vous ennuyez. Ah !*
*si une baguette magique pouvait, théâtre opti-*
*que et théâtrophone combinés, vous procurer la*
*distraction, si chère au vrai Parisien, d'une de*
*ces soirées où tous les charmes sont réunis, pu-*
*blic trié sur le volet, mondanités, joie des yeux,*
*régal de l'esprit !... Eh bien! voici votre souhait*
*réalisé. La salle flamboie ; le régisseur va donner*
*le signal électrique ; le programme promet :*

## LE BOULEVARD

#### De MM. EDMOND BENJAMIN et PAUL DESACHY

*le conférencier — c'est moi! — aura ce mérite*
*d'être court. Prenez votre lorgnette. Vous allez*
*voir,*

*bien entendu d'abord le boulevard.*
*Lequel? Parbleu! le boulevard Montmartre.*

Minois frileusement fourrés de martre,
cercleux, boursiers, lettres, politique, art,

flâneurs, buveurs, acteurs et nouvellistes,
auteurs, mondains chargés de bibelots,
gens affairés, nouveautés, camelots,
tous les journaux et tous les journalistes,

dans un mouvant et vif panorama
aux yeux charmés en une heure y défilent.
Les souvenirs du passé se profilent,
monde joyeux qui jadis nous charma !

D'un fin crayon à la touche légère,
les deux auteurs, en traits spirituels,
croquis de genre ou portraits actuels,
instantanés où rien ne s'exagère,

allègrement nous montrent tour à tour,
sans réalisme et sans gaîtés malsaines,
en gens de goût, les types et les scènes
du grand Paris, surpris au jour le jour,

l'homme correct, le boursier, les voyages,
la chasse, le verglas, le patineur,
les restaurants, le Bouillon, le dîneur,
Nice, Aix-les-Bains, Luchon, Cabourg, les plages,

les Casinos select et Monaco, —
car tout cela c'est du Paris en route.
Puis, au retour, avec eux on écoute
les potins de théâtre. — Quès aco ?

— Aco, mon bon, c'est le clou de leur livre.
Coulisses, rédacteurs, comédiens,
critiques, soireux des quotidiens,
dessinateurs, tous ceux à qui se livre

avec son sang, ses nerfs, ses cris, ses pleurs,
pâture d'holocauste expiatoire,

*l'auteur et ses rêves — il est notoire*
*qu'on en meurt — ou l'artiste et ses douleurs ;*

*le tralala des grands soirs de première ;*
*puis, en des vers très galamment tournés,*
*profils charmants par la grâce adornés,*
*comme un bouquet dans la pleine lumière*

*épanoui, vingt portraits — un cadeau*
*suggestif — d'artistes..... Mais je m'attarde,*
*et de juger par vous-même il vous tarde.*
*Prenez donc place. On commence. Au rideau !*

O. Justice.

# LE BOULEVARD

## LE

## BOULEVARD MONTMARTRE

C'est le type du boulevard parisien, l'artère centrale où bat plus vite la vie bruyante, animée, fiévreuse de la grande Cité.

Sur les larges trottoirs, comme un fleuve intarissable, coule le flot des passants affairés. Une rumeur monte de là, faite du bruit des voix et des roulements de voiture.

Asseyez-vous à la terrasse du *café Véron*, devenu une brasserie au goût du jour, et vous verrez la belle animation qui y règne de dix heures du matin à minuit, — et même plus tard. Laissons les boursiers enfiler la rue Vivienne et aller pousser, de midi à trois heures, leurs cris discordants sous le péristyle, — beaucoup de bruit pour rien, puisque, comme les commerçants du quartier du Sentier, ils se plaignent que les affaires ne vont pas. Les omnibus qui roulent dans tous les sens, les immenses breacks qui entraînent à Vincennes les amateurs du Pari Mutuel, se croisent avec les équipages qui conduisent à l'allée des Acacias les rastaquouères ou les riches rentiers de province dont les épouses étalent des toilettes mirobolantes. Emilienne d'Alençon en son cab vient louer une avant-scène aux Variétés et manque d'accrocher une voiture superbement attelée de deux alezans, avec un nègre pour cocher et deux laquais, non moins nègres, en livrée flamboyante. Ce n'est pas l'équipage du roi Salifou : c'est un véhicule-réclame, qui va livrer du savon aux gens soucieux d'un *tubage* consciencieux et parfumé. Comme pendant, voici le landau d'un parfumeur, miroitant et embaumé. C'est du clinquant ; mais la vue se réjouit aux diaprures de ces livrées et aux amusantes couleurs de ces équipages qu'il faut préférer aux machines informes du *Old England*.

Un bon bourgeois avec ses enfants, un paysan cossu avec sa femme, un soldat en permission avec sa payse s'engouffrent dans le couloir qui mène au musée Grévin, pendant que de jeunes gommeux à l'estomac débilité s'en vont prendre sur le comptoir un verre, — Coupeau n'aurait pas prévu celle-là, — un verre d'eau de Vichy, dans l'établissement de la Compagnie fermière. Attablés au « *Madrid* », je vois Etienne Carjat et Louis Jeannin élucubrant un programme littéraire pour le prochain dîner du *Bon Bock*, pendant que Burgues, l'ex-président de s

Sauveteurs de la Seine, prépare les bases d'une nouvelle Société humanitaire.

Aux tables des cafés de « *Suède* » et des « *Variétés* », flânant, discutant, potinant, des artistes. Chez Zimmer, les amateurs de bière se régalent d'un demi. On s'écrase dans la salle des dépêches du *Petit Parisien*, si bien agencée par les soins de M. Bannel; et de jeunes actrices au nez et à la robe... retroussés, vont se faire portraicturer chez Reutlinger, qui a un secret pour les faire toutes également belles.

Des petites femmes passent faisant de l'œil à des gens bien mis. Ceux-ci montrent le collet de leur paletot en poil de lapin. Ces dames courent encore.

Les fines bouches font assaut à la *pâtisserie Frascati*. Les militaires en retraite, les employés et les habitants de Limoges ou de Pézenas vont se sustenter dans les petits restaurants à prix fixe.

En face, Drumont, à l'une des fenêtres de son cabinet de rédaction de la *Libre Parole,* montre son poing de croquemitaine à la rue Vivienne, en jetant l'anathème à la Bourse et aux sémites qui en font le plus bel ornement. A l'étage au-dessus, étendue sur une chaise longue, Séverine apparaît comme en une aimable vision, échangeant avec des amis une « libre parole » elle aussi, mais qui n'a rien d'acerbe et qui, au contraire, est de la tolérance la plus humaine et la plus élevée, comme du parisianisme le plus subtil et le plus délicat.

Les cochers s'...attrapent ; les encombrements se

multiplient aux carrefours de la rue Drouot et du
faubourg Montmartre. Les amateurs d'estampes
s'arrêtent devant l'exposition de Goupil; ceux d'hydrothérapie devant l'armoire aquatique de Chou-
berski ! Ceux-ci promènent dans le passage des
Panoramas leur flânerie amusée. Ceux-là vont dans
le passage Jouffroy faire escale... (pas aïs, n'est-ce
pas Lureau?) devant les vitrines de Vibien-Golvin,
où s'étalent les photographies de nos étoiles dramatiques et lyriques. Les spéculateurs regardent les
cours de la Bourse devant le tableau du changeur
Monteaux, pendant que les élégants vont se faire
friser chez Lespès.

La terrasse du restaurant du passage Jouffroy est
bondée de dîneurs à prix et à heures fixes, tandis
que sur l'asphalte ces *dames* sont à la recherche de
*l'heureuse rencontre* qui les emmènera dîner dans
une des nombreuses succursales du Palais de l'Ali-
mentation. Des camelots, plus innombrables et plus
cruels que les microbes des plaies d'Egypte, font
rage tout le long des trottoirs et hurlent: « D'mandez
les cent quatre-vingts vues de Paris et d' Versailles,
un franc ! — Voulez-vous un chef-d'œuvre littéraire ?
C'est pour rien, vingt sous ! — De jolies fleurs, de
belles roses, fleurissez madame, mon bon monsieur !
— C'qui vient d'paraître, l'art de s'récréer, s'amuser,
rire en société, dix centimes ! — Le *Journal des
Pignoufs*, son premier curieux numéro, deux sous !
— Le résultat complet des courses... — Le plan de
Paris... — Des cartes transparentes, mon bor-
geois!... » — Et, soudain, le marchand de vues, qui

ne *la* perd pas, s'esbigne en voyant poindre le képi
d'un sergot.

On se croise, on se heurte, on se pousse. A chaque
instant c'est une figure de connaissance que l'on
salue.

Charles Legrand, le chef d'informations du *Siècle*,
discute avec Eric Besnard, dont l'air majestueux de
prince russe, avec sa belle barbe blonde, fait retourner les petites femmes.

Passent, dans l'interminable défilé, toutes les physionomies boulevardières : Ferville, de la *Petite République*; Guy Tomel, des *Débats*; Grosian, de la
*Petite Presse*; Gaston Lemaire, chantonnant son éter-
nelle *Gavotte des Mathurins*; Eugène Allard, du
*Jour*; Dalsème, de la *Nation*; Bertrand Marsac, l'ancien directeur du *Petit Nord*, heureux de se retrouver sur le pavé parisien ; Paul Pottier, le spirituel
chroniqueur, en compagnie d'Albert Messy, l'émule
de Nadar; René Dubreuil, le subtil poète des *Lettres
à la Marquise*; Véjux, consultant le *Jockey*, et Ri-
cou, la *Cote de la Bourse*; Donnet, discutant avec
Lombard une question de politique coloniale; Valabrègue, un manuscrit sous le bras, se croise avec
Pierre Decourcelle, un second manuscrit également
sous le bras : l'un se rend au Vaudeville, l'autre au
Gymnase ; Alphonse Allais va au *Journal* apporter
un' article d'une cocasserie achevée; Dombasle,
arraché à la lecture d'un journal étranger, s'arrête
avec Lesage, l'aimable adjoint de la mairie Drouot;
Dignat, le créateur ou l'administrateur de dix-sept
théâtres ou cirques, cafés-concerts, etc., vole,

comme mû par une raquette, au Jeu de Paume,
qu'il va incessamment inaugurer ; Jean Pauwels
court au *Temps* apporter ses informations sur le
dernier crime, pendant que Lelio Bloch tourne la
rue Drouot et monte à son cabinet du *Gaulois* ;
H. Barthélemy, l'écrivain militaire, sort de l'*Événement* avec son fils, un élégant sous-officier de dra-
gons ; Louis Ardain vient du Crédit Lyonnais. Voici
encore la silhouette d'Albert Delpit, le très sympathique et fécond romancier ; Teutsch aîné montre à
Teutsch cadet, surnommé à la Bourse le Petit, les
nombreux ordres étrangers qu'il a reçus dans la
matinée, non pour en orner sa boutonnière, mais
pour faire un mouvement à la Bourse ; les deux frères
Dacosta voient l'un la hausse, l'autre la baisse... Un
aveugle qui passe par là ne voit rien {du tout... Le
baron d'Orgeval, ancien chroniqueur du *Monde élégant* de Nice, remonte le boulevard avec Alfred
Quidant, l'excellent pianiste, et Dinaumard, le mi-
niaturiste. Ils s'en vont déjeuner au Cercle de la
Presse, et sont rejoints par Louis Enault, le grand
critique d'art et le fin romancier.

C'est une cohue, une animation indescriptible ;
les provinciaux, les étrangers, dépaysés, entraînés
dans le torrent de cette vie bourdonnante, restent
frappés d'étonnement, inaccoutumés qu'ils sont à
l'intensité fiévreuse de cette existence parisienne.

# CHOSES DISPARUES

S'il me prenait fantaisie de relater ici tous les objets disparus à Paris depuis le commencement du siècle, il me faudrait mille pages en plus, et l'éditeur s'y refuse obstinément. D'ailleurs, ma prétention n'ira pas jusque-là : primo, parce que ce serait lasser ta patience, ami lecteur (je dis ami, et pourtant je ne te connais pas, mais ça fait bien dans le paysage) ; secundo, parce que ça me forcerait à faire des recherches, à aller dans les bibliothèques, à me livrer à des enquêtes, et enfin parce que... et c'est la meilleure raison que je puisse te donner. Je me contenterai donc de signaler au hasard de la mémoire :

Le bal Mabille, tout d'abord. Il était bien démodé ce bal où l'on ne dansait plus, mais où l'on avait contracté l'habitude d'aller tous les samedis terminer la soirée à la sortie du Cirque Franconi. Adieu les soirées tapageuses du Grand Prix, où le suprême du chic était de beugler, de flanquer des coups de canne à de bons provinciaux, d'escalader l'orchestre des musiciens et de briser leurs instruments, de déchirer les robes et les mantilles de ces dames et d'aller terminer au *violon* cette folle équipée.

Disparues également les *Folies-Marigny,* ce théâ-

tricule si amusant quand on y donnait *En classe,*
*Mesdemoiselles!* ou les *Virtuoses du Pavé,* et où
Mlle Blanche Quérette nous faisait entendre cette
jolie voix dont la Nilsson était jalouse.

Et le Château-Rouge, où, le dimanche, la mère
conduisait sa fille, et qui a été transformé en maisons avec l'eau et le gaz à tous les étages.

Le club économique des Biberons, présidé par La-
rue et fondé par le Diable-Boiteux et son fidèle lieutenant Vide-Bouteille (réputation usurpée : il ne
boit que de l'eau mélangée d'un peu de vin); ce club
adopté par la gomme et les horizontales, quelque
peu en dèche, a vécu également. Paix à ses cen-
dres... de cigare.

Les strapontins ont disparu des théâtres, mais ils
y ont bien vite réapparu pour la grande satisfaction
des directeurs qui tiennent un succès.

Disparu « Frontin », cette célèbre brasserie du
boulevard Poissonnière où se réunissaient chaque
soir : Ranc, Spuller, Gambetta; où venaient ensuite,
au sortir des théâtres, Grenier, Dupuis, Paul Au-
bert, E. Philippe, Chéri, les frères Lyonnet, O. Mé-
tra, Carjat, Arthur Dacosta, Ferdinand Silva, Jeannin, Piet, Henry Vaudémont, Thérésa, Berthe Legrand, etc., etc. Que de disparus parmi ces soupeurs qui dépensaient des flots d'esprit en absorbant
les flots... mousseux.

C'était, je vous le garantis, plus gai que les agapes
actuelles auxquelles se livrent quelques-uns de nos
confrères chez Pousset. C'était plus intime en tout
cas. A la place de Frontin s'élève un nouveau bouil-

lon. Aujourd'hui, du reste, on n'entend parler que de bouillons.

Le Salon de Paris n'a pas eu la vie longue. Il est décédé à la fleur de l'âge et a été mis en bière... par Zimmer et C⁰. J'avoue, du reste, qu'*elle* y est bonne.

Thérésa s'est envolée de l'Alcazar où Chelles dirige maintenant le Théâtre Moderne.

Disparue l'intrigue aux bals de l'Opéra. Elle a été remplacée par le tapage, les vociférations et les monômes des jeunes gens, qui donnent aux étrangers une crâne idée de l'esprit parisien, en dansant en rond autour d'un domino (ancien style), ou en portant en triomphe une négresse échappée d'un Mazas de l'amour.

Ne parlons pas des journaux politiques ou littéraires envolés. Victor Hugo l'a défendu :

« Ah ! n'insultez jamais une feuille qui tombe ! »

Les petites dames qui guettaient, à la sortie de la Bourse, les coulissiers qui avaient levé... leurs primes, ont disparu de la rue Vivienne, en constatant que ces messieurs pourraient tous faire partie du Club des Pannés.

La *Boule-Noire* s'est transformée en *Cigale* et le propriétaire est sûr de chanter tout l'hiver.

Disparu le noir attelage de cette fameuse baronne qui, sous le rapport de la linguistique, en aurait remontré à tous les savants de la terre, y compris Bougival.

Et les porteurs d'eau qui ont abandonné leurs seaux et se sont tous établis marchands de vin. Ça ne les change pas.

Disparue la danse! M. Perrin-Laborde n'ouvre plus ses salons de la rue de la Victoire où valsèrent jadis avec tant d'entrain Cora Pearl, Delphine de L., Berthe M., Blanche de C., la comtesse L., et autres descendantes des... pardon, de Montmorency.

Disparue la *galette du Gymnase* détrônée par la brioche de la Porte-Saint-Denis.

Et la traditionnelle promenade de Longchamps ; les demoiselles l'ont remplacée par le tour quotidien de l'allée des Acacias.

Et les chicards, les flambards, les clodoches et autres représentants de la gaieté carnavalesque agitant les « grelots de Momus » à raison de 5 francs la nuit.

Et le cortège du Bœuf gras! avec ses mousquetaires *gris*, son Amour transi et son Olympe grelottant.

Et la trompette du raccommodeur de fontaines !

Le réverbère terne, le lampion fumeux, la crinoline trompeuse, les trente-six questions romaines, l'orgue-orchestre, les pantalons de Nankin, les romances sentimentales, et bien d'autres choses encore, comme le lait pur, le vin sans mélange, les fruits mûrs et l'amour désintéressé, disparus, disparus !

Ce qui ne disparaitra jamais, par exemple, c'est la vieille garde... et la gaieté française !

# L'HOMME CORRECT

Chaque jour, la langue française « s'enrichit » d'un mot nouveau, d'une expresssion anglaise qui sera un jour dans le Dictionnaire de l'Académie, d'une épithète ou d'un adjectif dignes de figurer dans la *langue verte* de Loredan-Larchey et qui ont droit de cité dans les salons, les clubs, les théâtres et les boudoirs. Et c'est ainsi que « rallye-paper, pschutteux, vlan, gommeux, horizontale, etc., etc. », sont aujourd'hui usités dans la conversation comme s'ils dataient d'avant 89.

On entend, depuis quelque temps, quand on parle d'un homme du monde à cheval sur les convenances, dire : c'est un homme correct. Correct! n'est pas correct qui veut!

Ainsi le joueur, qui à la Presse ou aux Mirlitons ne sourcille pas quand il se *culotte* de mille louis, est un homme correct. N'est pas correct celui qui fait de la *musique* parce qu'il vient de perdre quatre pièces de cent sous sur une passe de quatorze !

Le gentleman qui le matin fait son tour du bois sur un pur sang est correct. N'est pas correct l'employé du *Printemps* qui étale ses grâces le dimanche à Montmorency sur une rossinante à deux francs l'heure. (Les culbutes se payent à part.)

Le viveur qui déjeune chez Bignon ou dîne au

café Anglais est correct. N'est pas correct celui qui mange chez Duval !

L'amateur qui a son fauteuil à l'Opéra et qui offre aux danseuses des bouquets de cinq louis ou des bonbons de chez Boissier est correct. Celui qui va au théâtre avec un billet à droit et qui paye deux sous de berlingots ou un bouquet de roses de trente centimes à une figurante n'est pas correct.

Celui qui conduit une charrette anglaise, un mail-coach à quatre, un phaéton, est correct. Ne l'est pas celui grimpe sur l'impériale de l'omnibus ou qui se fait conduire aux courses dans les tapissières à quatre francs par tête, entrée comprise.

Correct celui qui court dans un steeple-chase. Pas correct celui qui monte sur les chevaux de bois à la foire au pain d'épices.

L'homme correct lit les journaux à trois sous et la *Nouvelle Revue*, de Mme Adam. Celui qui ne l'est pas s'entretient l'esprit avec certaines feuilles à cinq centimes et les almanachs au rabais.

L'homme correct a pour bonne amie une actrice à la mode. Celui qui ne l'est pas prend comme compagne une *acteuse* de Montmartre ou Batignolles.

Aussitôt l'été venu, l'homme correct se coiffe d'un melon. Celui qui ne l'est pas achète des chapeaux mous à trois francs soixante.

Pour être correct il faut demeurer boulevard Haussmann, avenue de Villiers ou aux environs du parc Monceau. On ne l'est pas si l'on habite passage Chausson, chausssée Clignancourt ou rue Oberkampf.

On est correct si l'on va au Nouveau Cirque le
vendredi, au Français le mardi, aux Ambassadeurs
les autres soirs. On ne l'est pas en allant le dimanche
« dans ces autres du plaisir ».

On est correct si l'on s'habille à l'anglaise. On ne
l'est pas en achetant ses vêtements dans un magasin de confections ou au Temple.

L'homme correct se chausse avec des souliers
pointus ou des bottines à boutons. Celui qui ne l'est
pas porte des souliers à vis et des bottines à élastiques.

L'homme correct se sert de bretelles. Celui qui ne
l'est pas attache son pantalon avec une courroie.

Il faut pour être correct fumer des Havane de
provenance directe. Celui qui ne l'est pas fume des
*soulados*.

On pourrait multiplier ces exemples. A quoi bon ?
Ce que je tiens à établir, c'est qu'il ne faut pas confondre avec l'homme correct le gommeux. Ce dernier croit faire du genre en hurlant chez Bruant ou
à l'Elysée-Montmartre. Ces plaisirs sont tolérés
chez les Parisiens qui n'ont pas encore fait leurs
vingt-huit jours. Ils seraient déplacés chez ceux qui
sont dans la réserve de la territoriale.

# AU BOUILLON DUVAL

Tous les établissements publics et privés, la plupart des magasins, des cafés et restaurants qui avoisinent la Bourse, et qui ne l'avoisinent pas, se plaignent de ne rien faire. Inutile de vous dire pourquoi, vous le savez aussi bien que moi.

Or, pendant que les grands cafés et les restaurants à la mode voient diminuer leur clientèle, les brasseries et surtout les bouillons voient augmenter la leur.

Si vous le voulez bien, allons faire un tour au bouillon Duval du boulevard Montmartre.

Il est onze heures et demie, pénétrons dans l'établissement et installons-nous, si nous pouvons, à une table où l'on serait mal à deux, mais autour de laquelle prennent place quatre personnes. Plaignons en passant les gens corpulents, qui n'ont pas, c'est le cas de le dire, les coudées franches.

Ouvrons l'œil et l'oreille, regardons et écoutons :

⁂

Une table de boursiers :

— Eh bien, René, ça va-t-il?

René. — J'ai changé de boîte, mais pas moyen de jouer la carotte ; le patron garde tout pour lui et me laisse le reste, et il faut que je partage avec le client !

— Et toi, Ernest ?

ERNEST. — Ah! zut! j'ai encore un accroc avec cet animal de X..., trois mois de courtage perdus et je redois 4,300 pour solde, si je lâchais la maison !

EDMOND. — Moi, je ne perds rien, mais depuis six mois, à peine quinze louis par liquidation, et Louisette qui me turlupine. Oh! les beaux jours d'autrefois...

*Tous en chœur.* — Marie, des quatre mendiants!..

UN OFFICIER EN RETRAITE. — Cré nom! c'est une tige de botte que vous m'avez servie là !

LA BONNE. — Mais, monsieur...

L'OFFICIER. — Et ce vin, c'est du campêche !

LA BONNE. — Mais, monsieur...

L'OFFICIER. — Et ce pain, c'est de la sciure de bois pétrifiée !

LA BONNE. — Mais, monsieur...

L'OFFICIER. — Amenez-moi le caporal d'ordinaire, pardon, le civil, l'inspecteur, cré nom! que je le fourre au bloc pour empoisonner ainsi la compagnie..

Un provincial, sa dame, son fils, ses deux demoiselles:

— La fille !

LA BONNE, *l'air revêche, murmurant.* — La fille... la fille... Qu'est-ce que vous prenez ?

LE PROVINCIAL. — Est-ce à prix fixe, ici?

LA BONNE. — Vous savez bien que non.

LE PROVINCIAL. — Si je le savais, je ne vous le demanderais pas...

Et, pendant une heure, il consulte la carte avec sa smala, dépense le double de ce qu'il croyait et a faim un quart d'heure après, ainsi que toute sa famille.

UN ANGLAIS. — Gaçonne !

LA BONNE. — Voilà.

L'ANGLAIS. — Ce était vô le gaçonne, very well. Donnez moà trois tranches de roastbeaf, deux beaf-steaks et du stout.

LA BONNE. — Comprends pas.

L'ANGLAIS. — Aoh ! stout, cercueil, bière brune.

LA BONNE. — Ah ! oui, de la Bavière.

UNE GRISETTE. — Maria, un carafon, une soupe à l'oseille, un riz de veau à l'oseille et un artichaut cru.

UN VOISIN. — En voilà une qui la fait à l'oseille.

Un homme à longue barbe rousse, lisant la *Révolte* : « La misère est grande, l'ouvrier est sans travail, sus aux propriétaires, tout pour les travailleurs... en grève. » — La bonne..., du beaujolais première, un châteaubriand, des œufs brouillés, un brie et une confiture de Bar !

(Il faut bien se lester l'estomac quand on doit le soir prendre la parole dans une réunion privée... de tout.)

En promenant mon lorgnon, je vois un individu, col rabattu, cheveux frisés surmontés d'un melon, cravate pendante, demander du poisson, pendant que sa compagne, à la tenue voyante, mange du veau au persil. — Une femme maigre s'offre des œufs sur le plat ; un petit avocat, de la langue piquante ; un ténor de café-concert, du macaroni ; un gommeux à la côte, du lapin ; un journaliste, une cuisse de canard, et une femme grasse, des tripes à la mode de Caen.

Je vais me retirer lorsque je vois entrer une cocotte ayant jadis roulé carrosse après avoir roulé ses contemporains. Elle est aujourd'hui en dèche et il faut qu'elle se contente d'un carafon de vin, d'une gibelotte (souvenirs et regrets !) et d'une pomme.

*A parte.* — « O Cupidon ! pourvu que ce soir je trouve chez Sylvain un petit jeune homme qui me paye à souper... O l'ancien régime ! l'ancien régime ! »

Restons sur ce mot de la faim, si vous le voulez bien.

# LES FORÇATS DU PLAISIR

Ils se recrutent un peu partout. En première ligne les journalistes et les reporters; puis viennent les artistes en renom, les heureux de la finance, les gens avides de réclame, les enrichis d'hier, les gommeux et les étrangers qui ont élu domicile à Paris, où ils croquent les roubles, les florins et les piastres que leurs ascendants ont gagnés on ne sait où, ou plutôt on ne sait comment.

Les forçats du plaisir doivent assister à toutes les premières.

Quand l'hiver est rude, ce qui arrive tous les cinq ans, il faut qu'ils patinent au bois de Boulogne. Ils se cassent bras et jambes, mais ça fait aller le commerce des membres artificiels, et il faut bien que les chirurgiens vivent.

Ils doivent assister aux soirées littéraires de Mme X... On y sert des vers de quinze pieds et d'eau sucrée... sans sucre. On peut dormir sur une chaise pourvu que toutes les demi-heures on se réveille pour crier bravo! et féliciter la maîtresse de céans.

Il faut aller au bal de l'Opéra se faire écraser les pieds, aplatir le chapeau, et... attraper par des charcutiers en goguette, pincer une migraine atroce et une indigestion corsée en soupant en cabinet particulier avec une grue exigeante ou une modiste sans ouvrage, mais prétentieuse et grêlée.

Il faut avoir son fauteuil aux concerts Colonne ou Lamoureux pour entendre du Wagner ou du Tchaïkowski ! Se faire chiper sa montre à l'hôtel Drouot aux expositions du mobilier de Nana ou d'un administrateur en fuite.

Il faut aller dormir à la Madeleine aux prédications du père Machin.

Il faut se rendre aux bals de la Présidence, où l'on est admis très difficilement ; ce qui n'empêche pas que la première personne que vous rencontrez est votre bottier qui vous réclame sa note.

Il faut aller au *vernissage*, où les rapins tachent votre veston et vous défoncent les côtes en promenant leur échelle sur votre abdomen.

Il faut se montrer au Concours hippique et recevoir des coups de pied des pur-sang.

Il faut dépenser quinze louis pour assister au Grand Prix et y attraper un coup de soleil. On ne voit rien, mais, en revanche, on avale de la poussière.

Il faut aller à la revue du 14 juillet. *Idem* que pour le Grand Prix.

Il faut assister aux concours du Conservatoire d'où l'on sort idiot, sourd et enragé.

Il faut assister également à la réception d'un immortel. On cuit dans son jus et on bâille à se décrocher la mâchoire. Il n'y a pas de plaisir sans peine.

Il faut assister au procès d'un gredin qui a coupé sa victime en trente-sept morceaux, et entendre par trente-huit degrés de chaleur un avocat méridional présenter son client comme un modèle de vertu digne de la sympathie du jury.

Il faut aller aux courses de Trouville et de Dieppe, perdre son argent aux petits chevaux après l'avoir perdu sur les grands, coucher dans une mansarde pour un louis, payer quinze francs un poulet de l'année dernière et cinq francs une bouteille de cidre qui vous purge mieux que l'huile de ricin.

Il faut aller à l'ouverture de la chasse recevoir des grains de plomb dans la partie la plus charnue de votre individu.

Visiter les égouts qui vous asphyxient, se distinguer aux fêtes de charité par une prodigalité qui vous ruine, aller aux enterrements de ses collègues les autres forçats, jusqu'au moment où ceux-ci iront au vôtre.

# LES PANTALONS RELEVÉS

Il tombe une pluie fine qui rend le pavé bien différent de Sarah Bernhardt — gras! Tous nos concitoyens ont leur pantalon relevé, et cette vue amène un déluge de pensées dans le cervelet de l'observateur. Signe des temps, pense-t-il, car il y quinze ans qui aurait osé, en dehors des saute-ruisseau ou des gens sans préjugés, relever son pantalon? On prenait une voiture et tout était dit. Maintenant on va à pied, et pour cause, et vous voyez les gommeux au chapeau bandoliné, le pantalon noir retroussé pour aller en soirée ou chez leur belle ; ce n'est pas seulement à cela qu'il faut reconnaître que nous nous démocratisons de jour en jour.

Ainsi, au bal ou au théâtre, on serait conspué si l'on avait les mains gantées. Une paire de gants que l'on met dans le creux du gilet ou dans le rebord de son chapeau à claque, et en voilà pour toute la saison. Du coup les marchands de gants seraient ruinés si ces dames ne venaient à la rescousse avec leurs gants à quarante ou à cinquante boutons.

Pas de chaîne de montre, pas le moindre bijou, pas même une chemise brodée. C'est le vieux jeu, et l'homme a assez d'attraits par lui-même pour plaire par une toilette simple et économique.

Auriez-vous jamais osé monter en omnibus, monsieur, à moins d'appartenir à l'administration ou d'être apprenti ébéniste ? De nos jours, des actrices, sortant de la répétition, montent bravement en tramway, et souvent elles ont à leur côté un sénateur de la droite ou un député de la gauche. D'aucuns même vont sur l'impériale et entament la conversation avec leurs voisins, histoire de faire de la propagande avec les électeurs.

Les cabinets de nuit de la Maison d'Or et du Café Anglais sont fermés. En revanche, les Bouillons Duval, qui ont engendré les Grands Bouillons, pullulent, et des millionnaires, — il faut l'être, du reste, pour s'y rassasier, — y vont manger une tranche de bœuf ou un veau à l'oseille !

Le journaliste va très bien chez le *troquet* avec son metteur en pages et son correcteur, et tel abonné à l'Opéra qui flirte le soir avec les sujets du premier quadrille se sustente chez les marchands de vin-traiteurs du faubourg Montmartre.

Où soupe-t-on ? Chez Pousset ou dans une des six mille cinq cent soixante-quinze brasseries qui se sont élevées dans Paris et qui toutes font fortune, pendant que les cabarets à la mode luttent et que l'on en voit disparaître à tout instant.

Le vin détrôné par la bière, quelle honte pour la France ! Il est vrai que pour avoir son pompon il faut y mettre le prix, et le nommé phylloxéra n'a pas été pour peu de chose dans ce changement de nos mœurs rafraîchissantes et vinicoles.

On s'habille à *Old England* ou au *Pont-Neuf*, et on s'affuble de complets ridicules et étriqués. Un gilet blanc sur un pantalon gris, avec une jaquette

bleue ou noire, rococo, mon cher. Parlez-moi d'un
vêtement grisâtre ou à carreaux, à la bonne heure !

Que sont devenus les mails-coachs et les breaks
qui transportaient les amateurs aux courses ? Et les
attelages à la Daumont et les huit-ressorts de ces
dames ? Aujourd'hui une simple victoria qu'on loue
à la journée au Grand-Hôtel, ou une place dans ces
voitures incommodes, dans ces kooks où l'on est em-
pilé comme des sardines. Il est vrai que cela coûte
peu. Aucun supplément pour les courbatures que l'on
attrape en route.

On a essayé maintes fois de ressusciter le Théâtre-
Italien : la dernière tentative a été faite à la Gaîté
pendant l'Exposition. On a trouvé des dilettanti à
l'œil, mais des abonnés sérieux, allons donc ! Le
Théâtre-Italien est mort, mais, en revanche, on a
inauguré trente-six ou trente-sept nouveaux cafés-
concerts, où l'on entend les suaves refrains au goût
du jour.

On vend du sucre en poudre dans les magasins de
nouveautés. Bientôt on y vendra des légumes, ce
qui fera concurrence aux marchands des quatre-
saisons qui encombrent les faubourgs jusqu'à midi.

Mabille est mort et remplacé par..... l'Élysée-
Montmartre. Au lieu des coupés et des victorias qui
attendaient à la sortie les joyeux viveurs et les filles
d'Ève allant souper chez Bignon, de vulgaires
fiacres stationnent pour conduire au *Rat mort* nos
soupeurs actuels et... leurs dames.

On organise des bals costumés et par souscription,

que l'on appelle *Bals de la fine gouape*. C'est exquis !

L'un des plus grands cercles de Paris, fréquenté par le dessus du panier du faubourg Saint-Germain, s'appelle l'*Epatant!*

Enfin, on a commencé à dire : « Je m'ennuie », puis : « Je m'embête ». Aujourd'hui vous entendez dire dans des théâtres de genre, de mauvais genre. si vous voulez : « Je..... »

Où allons-nous, Seigneur !

# LE RIRE MODERNE

On ne sait plus rire aujourd'hui, prétendent les gens qui, ayant des cheveux blancs sur le crâne, ou même n'en ayant plus du tout, ont le droit de regarder le passé du haut de leurs illusions envolées.

Il me serait assez difficile d'établir une comparaison quelconque entre deux époques dont l'une ne m'est connue que par les dires de ces gens mêmes, mais je n'aurai pas l'outrecuidance de regretter avec force larmes une jeunesse que je n'ai pas encore tout à fait perdue, — (vous en témoignerez, mesdames !) — ni un passé que je n'ai pas vécu.

Avec ma jeune expérience, je constaterai seulement qu'en effet nos contemporains n'ont pas beaucoup l'air de s'amuser. Les années vont vite cependant, et cette fin de siècle s'écoulera lugubrement si vous n'étourdissez pas son agonie sous les clameurs bruyantes de vos chansons, sous le hurlement de vos refrains débraillés, sous le débordement de vos joies sonores.

Je vous le répète, je ne connais le passé que par ce qu'on dit de lui ; de tout temps, paraît-il, la vie n'allait pas sans la gaieté ; les héros d'Homère avaient de tels éclats de rire que l'Olympe tremblait de ces crises légendaires ; les personnages de Rabelais, eux aussi, avaient à tout instant les côtes et la panse secouées frénétiquement par des

accès de rire dans lesquels ils frappaient à grands
coups leurs tibias charnus de leurs paumes ouvertes;
— plus tard, la gaieté française passait à l'état de
légende dans le monde, se manifestait dans toutes
les circonstances, plus vibrante à mesure qu'elles
étaient plus périlleuses. Oh! toutes les joyeuses
chansons que les siècles précédents nous ont lé-
guées!

Sous le second Empire même, il y a vingt ans,
est-ce que la vie véritable ne se concentrait pas
dans les lieux de plaisir; est-ce que sous le coup de
pioche d'un entrepreneur, les bals ne surgissaient
pas un peu partout sur le pavé des villes, est-ce
que ce ne fut pas le temps où Paris se gorgeait de
jouissances, s'enivrait d'une gaieté peut-être un peu
factice, mais si fiévreuse et si folle?

Oh! broyeurs de noir, cauchemardiers d'aujour-
d'hui, n'avez-vous pas honte de ces antécédents?
Vous ne savez plus rire, vous ricanez.—Vous n'avez
pas seulement pris aux Anglais la forme ridicule de
vos chapeaux ou la coupe de vos habits étriqués, pas
seulement leurs termes de sport et leurs mots impro-
nonçables, si francisés qu'ils essayent d'être, vous
leur avez pris leur spleen et leur rire du bout des
dents. C'est la seule explication qu'on puisse donner
de votre lassitude et de votre ennui.

Le rire moderne! Celui qui s'acclimate de plus en
plus chez nous chaque jour, celui qui se trahit par
la chanson moderne, ce n'est plus le rire franc,
large, sain, gaulois; c'est un rire amer, ironique,
sarcastique.

Il lutte pour s'imposer au café-concert, où, pour
lui faire brèche, on a dû ressusciter dans des soirées
spéciales les anciennes chansons ; il lutte au théâtre
où il aurait conquis toutes les scènes, s'il n'avait
affaire à de rudes adversaires, à ceux qui conservent
intactes, pour les transmettre à leurs neveux, les
vieilles traditions, point surannées, si vieilles soient-
elles, de la gaieté française.

Heureusement, ceux-là veillent. Aux désespérés,
qui délaient leurs désespoirs, aux navrés qui rimail-
lent leurs amertumes, aux réalistes qui chantonnent
sur des airs plus ou moins lugubres la vie telle qu'ils
la voient à travers leur prisme sombre, ceux-là
opposent l'exubérante gaieté de leurs vaudevilles,
de leurs boutades désopilantes, de leurs gaillardises
sans gêne.

N'est-ce pas Bisson, n'est-ce pas Mars, n'est-ce
pas Pradels, n'est-ce pas Gandillot ?

# ON CRIE

Le Parisien n'est pas positivement grincheux, il tâche au contraire d'être, vis-à-vis surtout des étrangers, le plus aimable et le plus courtois, mais il a la manie de crier à propos de tout, à propos de rien.

Quel drôle de caractère!

Quand nos édiles laissent nos voies publiques à l'état de fondrières, il crie. Quand le successeur de M. Alphand fait barrer les rues pour permettre aux terrassiers de travailler le sol, il crie de plus belle, j'allais dire de Poubelle.

Les directeurs de théâtre suppriment les billets de faveur, il crie. D'aucuns les rétablissent, — les non syndiqués, — il crie.

Les voyageurs crient contre les cochers qui vont trop lentement; les piétons crient contre les mêmes quand ils vont trop vite.

A la Chambre, on crie tout le temps. A la Bourse, à l'Hôtel Drouot, aux Halles, on crie, mais pour le bon motif.

La jeune épousée crie après son mari quand il la délaisse pour aller au cercle. La conjointe de dix ans crie quand son époux reste au domicile, où il la tarabuste dans les grands prix.

L'amant crie après une maîtresse trop collante; la maîtresse crie après un amant trop volage.

La gauche crie contre la droite, la droite crie contre la gauche; le centre crie contre la gauche et la droite.

Le consommateur crie après le garçon, celui-ci

crie contre « l'omnibus » et le patron crie contre le personnel.

Cliché 314. — La belle-mère, — race qui ne disparaîtra jamais de la surface du globe, — crie contre son gendre.

L'auteur crie contre le directeur, et *vice versa*. — L'artiste crie contre l'auteur qui ne lui a pas donné un rôle à sa hauteur. — Le chef des chœurs crie après ses choristes; le régisseur après tout le monde, et le chef d'orchestre ne peut arriver à mettre d'accord... ses musiciens.

Dans les beuglants, c'est à qui criera le plus des artistes et des consommateurs! Allez au Japonais, aux Ambassadeurs, aux Décadents, vous m'en direz des nouvelles.

On crie après sa blanchisseuse, son tailleur, son cordonnier, sa femme de ménage, ce qui n'empêche pas les choses de suivre leur cours naturel.

Quand il pleut, on crie ; quand il y a sécheresse, on crie; c'est à en avaler son baromètre.

On crie contre le gaz qui fait explosion; on crie contre l'électricité qui vous casse bras et jambes ou vous paralyse.

L'enfant crie au berceau; la nourrice, quand la maman a le dos tourné, crie après son nourrisson ; le pion crie après les cancres, les ouvriers après le « singe », le contremaître après ceux-ci ; l'adjudant crie contre toute la classe: la ménagère crie contre la cuisinière, qui crie contre les fournisseurs. On crie contre la muselière de M. Lozé ; on criait bien plus fort encore quand il ne l'avait pas imposée.

# JOURS D'ÉLECTION

Du sol jusqu'aux toits, d'une rue à l'autre,
Dans l'éclat brutal de leur coloris,
Couvrant tous les murs, le mien et le vôtre,
Les affiches ont pris d'assaut Paris.

Jaunes, indigos, rouges, roses, vertes,
Toutes les couleurs d'un bel arc-en-ciel,
Avec au milieu, en lettres ouvertes,
Un nom bien marqué, — c'est l'essentiel.

Et le flot toujours monte, monte, monte,
Bigarrant le mur déjà maculé ;
Et, rivalisant d'une ardeur plus prompte,
Un colleur recolle où l'autre a collé.

Car la politique, hélas ! ne fait trêve...
Si les députés dans les mois derniers,
Au Palais-Bourbon, — ce but de leur rêve,
Sont allés croquer nos sonnants deniers,

Alors maintenant c'est une autre histoire,
L'Hôtel de Ville est à renouveler,
Chaque citoyen, sans passé notoire,
Voudrait sur-le-champ être conseiller.

Oh ! ces candidats ! ils n'épargnent guère
Les appels, placards, le long boniment

Qui promet à tous le calme prospère,
Le progrès, la paix..... tout le tremblement !

S'ils aspirent tant au poste d'édile,
O benoît lecteur, c'est tout simplement
Qu'il est doux, ma foi, de palper six mille...
En cumulant un autre traitement.

Être ainsi payé, n'avoir rien à faire,
Donner aux amis des billets de bal,
En séance, ne point parler affaire,
Mais boire, fumer, lire le journal...

C'est évidemment un genre de vie
Qui n'a rien en soi de trop ennuyeux,
Et l'on comprend bien qu'il sait faire envie
Au nombre infini des ambitieux.

# LE MONSIEUR

On le rencontre partout et dans toutes les classes de la société.

Il y a d'abord le ministre, le député, le préfet qui ne veulent pas se souvenir du temps où ils étaient jeunes, où ils croyaient à l'amitié, au désintéressement, à la fermeté des convictions.

Le défenseur de la veuve et de l'orphelin et le médecin qui ne veulent pas se rappeler leurs folles équipées au quartier Latin, leurs soirées chez Bullier où ils levaient la jambe et les femmes de leurs amis, leurs séances à l'*Académie* (histoire de s'infiltrer une prune à l'eau-de-vie), leurs flâneries au Luxembourg et leurs parties de billard interminables. Cette distraction est pourtant en honneur, de nos jours, chez nos hommes politiques les plus en vue.

Le comédien qui a joué dans des granges ou le chanteur qui a poussé les premières notes dans les cours.

Le négociant qui a fait onze faillites et qui couronne maintenant et dote des rosières d'occasion.

Le banquier qui a été garçon de bureau; le coulissier qui a été petit commis et qui colportait les cours de la Rente dans les brasseries de la place de la Bourse; le financier qui a commencé par vendre des queues de bouton ; l'administrateur d'une Société de crédit qui a promis à ses actionnaires un fort dividende (c'est un oubli qui se généralise par trop).

L'ami qui vous emprunte dix louis, qu'il jure de vous rendre au bout de quinze jours et qui, sitôt qu'il vous aperçoit, détourne la tête ou traverse le boulevard, au risque de se faire écraser.

Le tailleur qui vous fait des vêtements trop courts et le cordonnier des souliers trop étroits. Le garçon au restaurant qui, vous voyant au bras « une conquête », ne veut pas se rappeler que vous avez une maîtresse chérie et commet impair sur impair. Le concierge qui vous laisse poser à la porte affectant d'oublier que vous n'êtes pas rentré ; le propriétaire qui vous a promis des réparations ; l'élu qui ne veut pas se rappeler les promesses qu'il a faites à ses électeurs. Les séducteurs en chambre qui ont promis réparation à la fleur qu'ils ont cueillie et qui l'abandonnent sans vergogne ; l'auteur qui vous promet un fauteuil pour sa première ; l'écrivain, le peintre, le musicien qui vous promettent un exemplaire ou un croquis de leurs œuvres.

Le coureur de petites femmes que l'on a baptisé du nom caractéristique de *poseur de lapins*, etc.

Et si je me tourne du côté du sexe enchanteur, je trouve : l'actrice qui a caboté en province et qui, finissant par se caser sur une scène parisienne, remplace le talent par l'aplomb et oublie ceux qui l'ont aidée à sortir de l'obscurité ; la cocotte qui oublie qu'elle a été gardeuse de dindons, laveuse de vais-

selle ou figurante dans un boui-boui ; la femme
mariée qui oublie ses devoirs et sa progéniture ; la
belle-mère qui oublie qu'elle a été jeune femme ; la
dévote de province qui oublie que si son mari donnait un billet de logement à un bel officier, elle lui
en donnait un également dans son cœur ; la coquette
qui, à cinquante ans, oublie que le fard et le cold-
cream ne remplaceront jamais la jeunesse et la sim-
plicité. La blanchisseuse qui oublie une partie de
votre linge et votre bonne amie, qui oublie le rendez-
vous qu'elle vous a donné.

J'arrête là cette nomenclature, car vous diriez
que je m'oublie, et ne veux pas me rappeler que les
discours les plus courts sont les meilleurs.

# ESPRIT DE CONTRADICTION

L'*Étoile théâtrale* dit qu'il faut ménager ses effets, le tailleur soutient le contraire.

L'artiste demande l'augmentation des feux, le pompier, l'extinction.

Deibler a pour devise : Raccourcir ; Eiffel : Grandir.

L'amant qui aime sa maîtresse généralement en est détesté, et *vice versa*.

La coquette dit qu'il ne faut pas faire d'enfants ; ce n'est pas l'avis de la sage-femme.

Le bègue dit que le silence est d'or, mais l'avocat réplique que la parole est d'argent.

Les professeurs préconisent les langues vivantes ; les charcutiers, les langues fumées.

Les maîtres d'armes boutonnent, les cordonniers et les femmes de chambre déboutonnent.

La brune se teint en blonde, la blonde se fait rousse, M. Lozé s'en bat la paupière.

Des peintres exposent aux Champs-Elysées, d'autres au Champ de Mars. Les blackboulés exposent... leurs griefs dans les journaux jusqu'à ce qu'ils aient trouvé un local pour exposer.. leurs chefs-d'œuvre, histoire d'embêter les deux jurys.

— Ça sent mauvais, dit une petite dame en passant le soir à côté d'une machine à vapeur. — Je ne trouve pas, moi, murmure l'employé de Richer.

— Je demande la liberté du cor, clame le sonneur de trompe. — Et moi je suis pour son extirpation, riposte Arnold.

Les gigolots portent des paletots étriqués. Il est vrai que leurs cols sont démesurés.

Les petits hommes aiment les grandes femmes, cela ne veut pas dire que les grandes femmes aiment toujours les petits hommes.

C'est toujours à la veille de lâcher son amant, qu'une amante sans cœur lui écrit : « A toi pour la vie ! »

Audran, Hervé, Lecocq, Varney, sont les maîtres en opérette. Pourquoi donc Sarcey, qui s'amuse généralement à leurs premières, les éreinte-t-il dans son feuilleton dominical ?

En avant ! dit la disciple de la maréchale Booth ; en arrière ! s'écrie le municipal les jours de manifestation.

Le marchand de vin trouve qu'il n'y a pas assez d'eau à Paris. Le pochard trouve qu'il y en a trop.

Faire fructifier son capital est le but des gens sages ; l'entamer est celui des vierges folles.

La musique tapageuse plaît à la masse du public, les sourds ne l'entendent pas de cette oreille.

Si vous demandez une diminution de loyer à votre propriétaire, vous êtes sûr d'une augmentation.

Les bébés se pendent aux seins de leur nourrice, quand souvent leur papa ne sait auquel se vouer.

— Alors ? quoi ???

# FIN DE GRÈVE

## Carrefour Montmartre.

N, i, ni. Voilà la paix faite
Et sur leurs sièges, les cochers
Remontent, terminant la fête
Après tant de traits décochés.

La rosse, jadis efflanquée,
Est aujourd'hui si grasse à lard
Que la voici toute étriquée
Entre l'un et l'autre brancard.

Hélas ! arrachée à son rêve
Sur le chemin qui la monte à
La butte Sainte-Geneviève,
Elle maudit de Lamonta.

Soudain elle se rassérène.
« Mais les compteurs ?... Oui, ce sera...
Dans dix ou douze jours à peine
La grève recommencera ! »

Alors, enthousiasmée et folle,
A fond de train en s'élançant,
La rosse en une cabriole
Renverse et piétine un passant.

2

# GRANDEUR ET DÉCADENCE

# DU BOURSIER

## L'Agent de change.

HIER. — L'agent de change était inabordable au commun des martys. Seuls les hauts barons de la finance pouvaient l'approcher. A la corbeille, il trônait comme un demi-dieu : ses associés étaient les grands-prêtres ; ses commis, les sacrificateurs ; ses clients, les victimes. Sa parole était d'or et son carnet d'argent !

AUJOURD'HUI. — Il est visible à l'œil nu, avec ou sans lunette, dans son cabinet tout comme à la *guitare*. A la corbeille, quand il attend un ordre qui n'arrive guère, il me rappelle sœur Anne. Il se frappe la poitrine et murmure : *meâ culpâ...*

## Le Coulissier.

HIER. — Le coulissier faisait trembler la colonnade des éclats de sa voix. Il donnait des coups de crayon à faire sortir Mangin de la tombe. Il criblait ses employés de gratifications. Il avait trois maîtresses : une pour les jours pairs, une pour les jours impairs et une troisième pour les dimanches et les jours fériés. Au besoin, il en aurait pris une quatrième pour les années bissextiles.

AUJOURD'HUI. — Il erre tristement sous la colonnade en pensant aux émissions passées. Il se demande quand il y en aura de nouvelles. Il a *balancé*, sans balancer, tout son personnel, et n'a gardé qu'un volontaire. Il a rompu avec ces dames et se contente de faire la cour à une marchande de tabac ou à la femme d'un de ses clients qui lui a demandé du temps...

## Les Administrateurs.

HIER. — Les administrateurs des Sociétés de crédit avaient loge ou fauteuil à l'Opéra, ce qui n'était pas très gai, et étaient abonnés aux Français, ce qui n'était pas plus folichon. Ils ne manquaient pas une course au Bois ou à Auteuil, assistaient à toutes les premières, taillaient une banque au cercle et entretenaient des actrices ou des danseuses.

AUJOURD'HUI. — Ils vont parfois à l'Odéon. Leur distraction du dimanche consiste à aller à la Foire au pain d'épice ou à la fête sur les boulevards extérieurs. Ils lisent les journaux du cercle, jouent au billard (gratis) et attendent les modistes à la sortie de l'atelier ou les figurantes du Châtelet en disponibilité.

## Le Remisier.

HIER. — Le remisier espérait s'acheter une maison de campagne. Déjà il avait marchandé charrette anglaise et poneys, arbustes et batterie de cuisine, bancs rustiques, jeu de quilles, tout le tremblement, quoi !

Aujourd'hui. — Il va, de temps à autre, manger une friture à Argenteuil et reste en contemplation devant les tentes et abris, chaises de jardin ou autres balançoires de la Ménagère.

## Le Boursier.

Hier. — Le boursier s'habillait à l'anglaise, commandait ses vêtements, ses chemises et ses brodequins dans les maisons extra-chics.

Aujourd'hui. — Il fait ses emplettes à une Belle Jardinière quelconque, achète son linge au Temple et sa chaussure dans les spécialités à 10 francs !

Hier. — Hieckel le comptait au nombre de ses clients.

Aujourd'hui. — Il a porté sa pratique à l'Hérissé et ne craint pas de faire retaper ses chapeaux.

Hier. — Il allait prendre le madère au Riche, déjeunait chez Tortoni ou au Café Anglais, dînait au Lion d'Or, soupait au Café de Paris.

Aujourd'hui. — Il va prendre un amer Picon à la brasserie voisine, déjeune pour 1 fr. 50, dîne pour 2 fr. 25 et soupe chez les marchands de gâteaux du faubourg Montmartre. On en voit qui sont obligés d'acheter à la Halle des rossignols à deux sous l'assiettée.

HIER. — Il mettait de l'argent de côté, offrait des bijoux à sa bonne amie, adoptait des orphelins, souscrivait aux œuvres philanthropiques, était abonné à la *Vie parisienne* et à la *Finance pour Rire*.

AUJOURD'HUI. — Il n'a plus le sou. Il en est réduit à parer sa belle de bijoux en strass, et ne lit plus que le *Petit Journal* et les journaux financiers à 1 franc par an; il ne paye pas son terme, il emprunte de l'argent à son concierge.

HIER. — Il voyait tout en rose !

AUJOURD'HUI. — Bref, il voit tout en noir ! *Quantum mutatus ab illo!*

# COMMENT ÇA FINIT!

## (Scènes de genre)

Dans la cuisine d'une maison bourgeoise, près de la caserne du Château-d'Eau...

Pitou. — Victoire, ma payse, qu'il va falloir nous dire un éternel adieu... Que péremptoirement je change de garnison et que désormais je vais subjuguer les cœurs inflammatoires et incandescents des bonnes de Pontarlier.

Victoire. — Hi! hi! hi!

Pitou. — Crebleu! qu'il ne faut pas faire concurrence aux estatues larmoyeux de la place de la Concorde. Nom d'un nom! S'agit d'être homme, Victoire!!!

Victoire. — Hi! hi! hi!

Huit jours après Pitou a commencé le siège de la petite bonne du mercier de la rue des Hurleurs et Victoire a permuté avec un cuirassier.... décuirassé.

Vive la ligne!

\*\*\*

Chez Jules de Rastengé, rentier et célibataire. Un troisième très confortable rue de Châteaudun.

ELLE *(arrivant soigneusement voilée et haletante)*.
— Jules, c'est la dernière fois que nous nous voyons...

JULES *(abasourdi)*. — Hein !

ELLE. — La vie a des exigences ! J'ai failli à mes devoirs d'épouse et j'ai trompé pour vous un mari que j'estime. Mais j'ai des remords, et puis il a des doutes ; il m'épie et vous ne voudriez pas que mon déshonneur devînt public !

LUI. — Peuh !.. Non.

ELLE. — Ami, jamais je n'oublierai l'ivresse des moments heureux, trop courts, hélas ! que j'ai passés avec vous ! Vous serez le seul homme avec lequel j'aurai trompé ce pauvre Isidor.

LUI. — Oh ! je penserai toujours à toi, à toi qui as passé dans ma vie comme un rêve, comme une comète, comme un soleil ! Jamais, non, jamais je ne t'oublierai !

La lampe s'éteint...

Huit jours après il va au Palais-Royal, et — le rire console — il voit entrer dans une baignoire grillée la femme d'Isidor, toujours voilée, au bras du locataire du second, un auteur à la mode. — Il ne dit rien, car :

*Les grandes douleurs sont muettes !*

Dans une des dernières rues qui aient gardé la physionomie du Quartier Latin,

Chambre d'étudiant en médecine. Tête de mort servant de porte-pipes, scalpels, glaives et bistouris accrochés en trophée le long de la muraille.

ZOÉ, *blanchisseuse de son état.* — Tu sais, Ernest, elle n'est pas drôle celle-là, ça y est.

ERNEST, *sceptique par état.* — Dis donc, en es-tu sûre ?

ZOÉ. — Je t'écoute ! Et puis tu sais, tu es mon troisième, et depuis que nous sommes ensemble, rien que toi, avec un autre jamais !

ERNEST. — Faut pas m'la faire. Dis donc, tu oublies que je t'ai pincée il y a trois semaines à Robinson avec un disciple de Cujas.

ZOÉ. — Goujat toi-même. Tiens, je vas me jeter à l'eau.

ERNEST. — Comme blanchisseuse, c'est dans le programme...

Huit jours après, la première femme que rencontre Ernest à Bullier, c'est Zoé au bras d'un élève en pharmacie.

Lui... Je m'en doutais, car :

*Souvent femme varie !*

Boulevard Haussmann, dans le boudoir d'une horizontale de première longueur.

LÉONIE, *quarante-deux ans ; n'en paraît que vingt-sept. Eau de Ninon et poudre de riz opérèrent ce mirage.* — Comme tu viens tard, Georges !

GEORGES, *dix-huitième d'agent de change*. — Chère belle, je suis navré, impossible de te donner les 200 louis que je t'ai promis. Le courtage ne va pas ; au cercle j'ai eu une culotte... bœuf, et pour me refaire je me suis mis à la hausse sur le Turc, qui a baissé de deux points. Je suis littéralement à la côte et pendant quelque temps il faut m'aimer... *franco !*

LÉONIE. — Pas de ça, mon petit lapin bleu. Chez moi c'est comptant. Fais-toi reporter ailleurs, comme tu dis dans ton jargon. J'ai mes échéances, exécute-toi et saute... d'ici.

GEORGES *(s'en allant la tête basse)*.— Et quand je pense qu'avec ce que j'ai dépensé pour elle en six mois j'avais de quoi lever cent Foncier. Allons chez Gruber.

Huit jours après le Turc remonte. Georges regagne quelques billets de mille et retourne chez Léonie...

*Habent sua fata.*

Dans une cité ouvrière.

LUI, *un typo rigoleur*. — Ma petite Zizie, faut nous quitter. Je vas convoler avec la nièce du singe.

ELLE, *polisseuse sur cuivre*. — Essaye voir pour voir et tu verras la jolie décoction de vitriol que tu recevras sur la trompette !

LUI. — Voyons, Zizie, sois raisonnable et je t'achè-
terai un remontoir presque neuf qui a servi jadis de
prime à un journal sérieux.

ELLE *(toute joyeuse)*. — Je blaguais, mon cher
Polyte. Vrai de vrai, tu me donneras un remontoir !
C'est à l'atelier qu'elles vont rager.

Huit jours après Polyte va à la mairie pendant
que Zizie fait une balade en Marne avec un copain
de l'équipe de Polyte.

*Chacun prend son plaisir où il le trouve.*

Une allée du parc de la Haute-Futaie.

LUI, *élève de Saint-Cyr.* ELLE, *pensionnaire des
Petits-Oiseaux.*

LUI. — Nous nous aimerons toujours, et tu
n'épouseras jamais que moi.

ELLE. — J'en fais le serment.

Deux mois après, *Elle* est contrainte d'épouser un
gentilhomme campagnard.

LUI. — Demande à aller en Afrique ; il y gagne la
croix et l'épaulette de lieutenant. Revenu en France,
il va voir sa cousine qui est devenue veuve, le mari
disciple de saint Hubert s'étant logé une balle dans
la tête en chassant le sanglier. Il l'épouse et *neuf*
mois après, la patrie compte un défenseur de plus.
*(Musique.)*

> *Et l'on revient toujours
> A ses premiers amours.*

# CES DEMOISELLES

Il n'est pas de jour où un journal ne raconte une agression nocturne dans cette bonne ville de Paris, le flambeau de la civilisation, comme dit un allumeur de réverbères ; la moderne Babylone, lui répond Prudhomme (Joseph). Il n'est pas un moment où l'on ne tonne contre la police des mœurs ; contre l'envahissement des « ribaudes » sur l'asphalte, et la présence de ces « belles de nuit » qui se promènent à partir de deux heures de *l'après-midi*, sous la surveillance de leurs acolytes postés de l'autre côté du trottoir, et ce dans la rue Vivienne, à deux pas de la Bourse, naturellement.

Or, à moi tout seul, car j'ai voulu me *dispensaire* des offices de Dangin, l'homme statistique par excellence, je suis arrivé à découvrir l'origine des

103.282 promeneuses qui font le plus vilain ornement de la cité sur laquelle veille notre excellent ami Lozé.

Voici parmi quelles couches se recrutent ces... demoiselles, « pressoirs de la volupté » (voyez Musset).

43.383 femmes de chambre séduites par Monsieur ;

297 cuisinières victimes des changements de garnison ;

3 candidates au Conservatoire mises à mal par un journaliste ;

17 fleuristes sans ouvrage ;

8 chanteuses de café-concert ayant perdu leur... voix ;

4 actrices ayant mal tourné dans *celles* qu'elles font en province ;

418 modèles... n'ayant plus de formes ;

9 institutrices anglaises... sans élèves ;

69 femmes mariées surprises avec leur valet de pied ;

14 sages-femmes qui ne le sont plus ;

11 bas-bleus renvoyés de tous les bureaux de rédaction ;

384 nourrices ayant jeté leurs mamelles par-dessus les moulins ;

11.297 libres penseuses ;

1.117 couturières dont le métier ne va plus (air connu);

1.913 figurantes mises à pied par la démolition des Folies-Plastiques ;

494 odalisques en rupture de harem ;

1 demoiselle de brasserie ;

1.415 polkeuses expulsées de Bullier pour avoir voulu lever... la jambe ;

1.118 bonnes de bouillon fatiguées de servir un
ordinaire et un carafon à des habitués
aussi grincheux qu'affamés;

13.493 infortunées, lâchées par les boursiers depuis le krach;

1.414 filles-mères (c'est pour l'enfant!);

27.365 provinciales désireuses de voir la capitale;

11.298 étrangères... aux bonnes mœurs;

393 rosières de Nanterre et autres lieux.

*N. B.* — Je crois qu'il y en a plus que le nombre.
Ça ne fait rien, le reste est pour le garçon.

# LE CHAUFFAGE DES OMNIBUS

## DÉCEMBRE

Il gelait comme en Laponie.
« Les grands froids paraissent venus, »
Se dit-on à la Compagnie.
« Pour empêcher la pneumonie,
« Si nous chauffions les omnibus. »
Il gelait comme en Laponie.

## JANVIER

Il neigeait de glacials flocons.
« Il faut se décider quand même, »
Disaient les grands chefs : « Appliquons
« Pour le chauffage des fourgons
« Quelque très génial système. »
Il neigeait de glacials flocons.

## FÉVRIER

Six pieds de haut avait la glace.
« Au public il faut faire droit,
« Peut-être à la fin qu'il se lasse
« Après avoir payé leur place.
« Des voyageurs sont morts de froid. »
Six pieds de haut avait la glace.

. . . . . . . . . .

## JUILLET

Le soleil flambait le pavé !
A la Compagnie, on rayonne,
« A la fin nous l'avons trouvé,
« Le chauffage longtemps rêvé,
« Depuis ce matin il fonctionne ! »
Le soleil flambait le pavé,

# COMMENT ON MANGE

## A PARIS

Les imprimeurs se nourrissent de coquilles.

Les sculpteurs mangent sur le pouce, les peintres mangent des croûtes, et leurs modèles des moules.

Les poètes vivent d'illusions.

Les cocottes mangent du pigeon, mais jamais de lapin.

Les préposées aux chalets de nécessité se délectent avec de la marmelade, et les marchandes de journaux se *mangent les sangs* quand elles boivent des bouillons.

Les amants — d'après un cliché démodé — se nourrissent d'amour et d'eau fraîche. Je n'en crois pas un mot ; allez donc être amoureux avec un pareil régime !

Certains caissiers mangent la grenouille, et les *moutons* le morceau.

Les potaches mangent des racines grecques, les cardinaux du homard, les maladroits des brioches, les banquiers de la galette, les auteurs de pièces tombées des petits fours, et ceux qui remportent du succès boivent du lait. Les danseuses boivent de l'eau de Vals et mangent des pointes d'asperges. Les

tailleurs mangent des fonds... d'artichaut, et ceux
qui posent croquent le marmot.

Les croque-morts absorbent de la bière. Les gens
pressés dévorent l'espace (rien des voyageurs en omnibus) ; les mères mangent leurs bébés... de caresses ;
les Alphonses vivent de petites marmites, et ces
dames du boulevard extérieur adorent le maquereau.
Les grosses femmes mangent des tripes, et les maigres du hareng saur ; les musiciens et Armand Silvestre se sustentent de haricots, et les hercules de
gros pois. Les dompteurs ne reculent pas devant un
beafsteak d'ours, et les journalistes se flanquent des
indigestions de canard.

Les cochers se mangent entre eux et... du foie,
les pornographes du cochon. Les mauvaises têtes se
mangent le nez... et les poivrots du renard. Les
abonnés du *Gil Blas* aiment ce qui est salé, et les
juges de la neuvième ce qui ne l'est pas.

Les condamnés aux frais mangent des amandes ;
les clubmen qui tirent à cinq, de la culotte ; les joc-
keys, du cheval, et les habitants du Marais, du mou-
ton.

Il faut n'avoir pas faim pour manger chez Petiau.

Aux Bouillons parisiens, on se repaît d'illusion ;
de perroquets, à l'assommoir, et dans les châteaux
en Espagne, de viande creuse.

Les *strugle for lifer* se mangent mutuellement la
laine sur le dos ; l'avare, qui, chez lui, tond un œuf,
chez son amphitryon mange un bœuf ; le glouton

s'empiffre, le gourmet savoure, le causeur avale sans savoir.

A la petite maîtresse, il faut des becs-fins ; à l'ambitieux, plus de beurre que de pain ; aux policiers, du gibier... de potence ; à Deibler, le cheval de retour ; aux usuriers, du crocodile ; aux vantards, des raisins... verts ; aux braves gens, le pain de l'amitié : aux républicains, le gâteau des rois.

Les gens pressés mangent debout ; les gens calés mangent assis ; les soldats, tambour battant ; les aéronautes, à la volée, et les chauffeurs, à la vapeur.

Boileau parlait des gens qui, déjeunant de l'église, soupent du théâtre ; les choses n'ont pas changé depuis son époque. Que de contemporains mangent à plusieurs râteliers, dans la politique et dans les lettres, sans compter ceux et celles qui mangent avec un faux râtelier.

Les filles d'Ève croquent toujours à belles dents, mais au lieu que ce soit une pomme, ce sont des fortunes.

Le dévot jeûne, le financier déjeune, l'homme du monde dîne, la cocotte soupe, le travailleur se nourrit... quand il peut.

Les sages mangent leurs revenus et les prodigues leur bien en herbe, ce qui doit terriblement les purger ; les gens qui ont mal à la vessie mangent du pissenlit ; les *coléreux* et les belles-mères adorent la moutarde ; Chocolat, du Nouveau-Cirque, boit du racahout ; les vieux briscards mangent des sardines ;

les éreintés de la haute noce, du flan, et les gens
narquois, des nèfles. Ceux qui jouent à l'important
mangent du dindon ; les gens qui écrivent sans cesse
à leur bonne amie, du poulet ; les simples d'esprit,
de l'oie ; ma bonne, de la bécasse, et ceux qui ont
souscrit au Portugais boivent de l'amer.

La grisette becquette, le vieux parvenu goinfraille.
Les saints-cyriens préfèrent le melon ; les chanteurs,
le thon.

Les vidangeurs et les carabins mangent partout
et toujours indifféremment et de bel appétit ; c'est
pour cela qu'on dit : Avoir une faim carabinée.

Les doreurs ne mangent rien. Ne dit-on pas généralement : Qui dore dîne !

# COMMENT ON MARCHE

## A PARIS

Le ramasseur de bouts de cigares marche le nez à terre, l'astronome en regardant en l'air. Le tourlourou en suivant les bonnes d'enfants et en écarquillant l'orbite sur le boulevard Bonne... Nouvelle devant les nourrices allaitant des volontaires d'un an.

L'externe de Condorcet en étudiant ses leçons, l'acteur de mélodrame en agitant les bras, le poète en se passant la main dans les cheveux, l'élève du Conservatoire en faisant de l'œil en coulisse (déjà) aux vieux messieurs décorés, le ténor en roucoulant et la chanteuse de café-concert en fredonnant du Xanrof ou du Bruant! Le télégraphiste marche à reculons, le marmiton en s'arrêtant devant les boutiques, le lovelace en suivant toutes les femmes, le pochard en titubant, et le brave sergent de ville les mains derrière le dos et à pas comptés.

Les petites couturières marchent par trois; en riant au nez des passants, les vendeurs de journaux de sport en courant, et ceux de cartes transparentes en jetant un coup d'œil oblique à droite et à gauche.

Celui qui va à un premier rendez-vous d'amour marche d'un air conquérant, celui qui va chez son huissier la tête baissée et en protestant.

Le boursier en consultant la cote, la demoiselle qui arpente le trottoir de la rue Vivienne en relevant la sienne. L'homme d'affaires ne marche pas, il... vole !

Le bureaucrate marche en lisant le *Petit Journal* et l'ouvrier la *Marseillaise*.

La femme adultère marche en se cachant le visage et les disciples de l'Armée du Salut... en avant !

Le maçon en vous frottant le coude... c'est une bonne charge. Le vieux beau en se tirant la moustache et l'invalo... la jambe.

Celui qui va chez le dentiste marche en rechignant, celui qui cherche un water-closet au pas de course en se tenant le ventre.

Celui qui a des cors au pied marche en boîtant, celui qui a bu trop de bière marche en... s'arrêtant (inutile de vous dire pourquoi), le provincial marche ahuri et le brutal en vous bousculant.

Le garçon coiffeur allant à son salon rase la muraille ; le notaire avance minut...ieusement, l'apothicaire va par derrière. Le curé en lisant son bréviaire et le séminariste sous les drapeaux en faisant le signe de la croix à la rencontre d'un supérieur — nouvelle façon de faire son salut... militaire.

Le provincial fraîchement débarqué marche d'étonnement en étonnement.

Il y a les marches... de la Bourse et celles de la Madeleine.

Il y a eu March...andon !

Devant les étalages du Printemps ou du Louvre il y a les femmes qui march...andent.

Il y a également le mar...chal des logis.

Faut-il vous parler de la marche... du *Prophète* ou de celle des *Volontaires!*

Il y a encore la march...eillaisse, comme disent les Auvergnats.

Enfin, le régiment sort fièrement de la caserne pour une marche militaire après que le colonel a crié d'une voix de stentor : en avant... arche!

# COMMENT ON DORT A PARIS

Les cochers dorment sur leur siège, et quands ils se réveillent, c'est pour eng... dire des choses aimables à leurs pratiques.

Les lycéens dorment sur leur *Epitomæ sacræ* ou sur leur Virgile. Les valets de pied dorment sur les banquettes des antichambres. A l'Odéon on dort parfois dans son fauteuil. Je ne sais pas pourquoi je dis l'Odéon, car on dort tout aussi bien dans d'autres théâtres.

Les joueurs de baccara vannés, fourbus, décavés, dorment sur un divan ou dans le fauteuil placé près de la cheminée devant le feu qui s'éteint.

La petite ouvrière dort dans sa mansarde sur la robe qu'elle termine pour l'épicière, et le concierge dort à poings fermés auprès de son épouse et de son cordon. C'est gai quand on rentre au milieu de la nuit et que les cataractes du ciel se déversent sur votre tête ou que la bise meurtrière vous cingle et vous coupe la figure.

L'homme qui a la conscience pure dort tranquille et serein, le filou également. Alors à quoi ça sert-il d'être honnête?

On dort mal à côté d'une danseuse du Moulin-Rouge. On dort très bien à côté de sa légitime après dix années d'une union que n'a traversée aucun nuage. (Votre belle-mère est étrangère à l'affaire.)

Au poste, les gardiens de la paix dorment tant
bien que mal sur leur lit de camp. Au violon, les
gens arrêtés pendant la nuit ne dorment pas, mais
font une musique! Dame! dans un violon!

Les vagabonds dorment sur les bancs, dans les
fours à plâtres, dans les tuyaux à gaz, sous les
arches des ponts; les voleurs dorment à l'ombre!

Les accoucheurs et les sages-femmes, les méde-
cins et les pharmaciens, ne dorment que d'un œil.
Mais ça ne les fait pas loucher.

Le journaliste dort sur sa copie, le comédien dort
sur le rôle qu'il étudie, le satisfait (rien de Forain)
sur ses deux oreilles et l'indifférent sur le ventre, à
moins que ce ne soit sur le dos. Il en est qui dorment
en chien de fusil. Moi, ça m'est équilatéral.

Le frileux dort sous la couverture ou dans les
jambes de madame. L'homme froid lui tourne le
dos!

Eugène Süe et après lui Cladel ont dépeint le type
de Couche-tout-nu. Un bon drille!

Le factionnaire dort sur son gras! Ce qui ne l'empêche pas de veiller au grain.

Le caissier infidèle et le banquier qui prépare une
fugue en Belgique dorment sur l'*Indicateur Chaix*.

Celui qui a mangé du homard à l'américaine a le
sommeil lourd; celui qui a mangé une glace mousse-
line chez Maire a le sommeil léger; celui qui n'a
rien mangé ne dort pas.

Le poète dort à la belle étoile... à condition qu'il
ne pleuve pas, ce qui est bien rare à Paris.

Les soupeuses nocturnes dorment dans les bras

des rastaquouères ou des bookmakers qui ont gagné
avec un *outsider*. Quand elles font chou blanc,
elles rentrent dormir avec le garçon de salle... C'est
propre !

Le pompier dort sur son tuyau d'arrosage ; le
chauffeur, sur sa locomotive ; le vidangeur, sur son
tonneau. (A moi les parfums de Rimmels, Alkinson
ou Piver... Bah ! ajoutons Pinaud, Houbigant et
autres fournisseurs embaumants de ces dames ! )

Les habitués des maisons Tellier ou Magloire,
enivrés de voluptés ineffables, dorment avec leur
compagne d'une nuit. Ce n'est pas précisément le
sommeil de l'innocence.

Les typos dorment sur leur marbre. Quand le thermomètre marque 5 degrés au-dessous de zéro, ça ne
tient pas lieu de calorifère.

Les égoutiers dorment bouche ouverte sur *celle*
d'égout. Ça ne sent pas la rose !

A la caserne, les soldats indisciplinés dorment à
l'*hosto ;* ils rigolent tout de même. L'ophycléide de
première classe dort sur son *Sax* et ronfle ; on croi-
rait qu'il joue de son instrument. Les *bleus* dorment
sur leur châlit, après avoir subi les brimades des
loustics de la chambrée.

A la Halle, les marchandes dorment sur un champ
de carottes ou de navets ; les forts, sur des sacs, et
les soiffards sur le zinc des « troquets » voisins.

Les spéculateurs dorment sur leur position ; les
vendeurs de primes sur leur échelle --- ce qui est un
prodige d'équilibre. — Chez les agents et les coulissiers, les commis dorment sur les comptes de

leurs clients et ne commettent jamais d'erreur, au contraire.

Dans les salles de rédaction, le secrétaire dort sur la copie de la dernière heure, et le correcteur dort tout debout sur la critique du célèbre E. Reinteur.

Les commis du *Printemps*, logés par Jaluzot, dorment sous les combles, ce qui n'en est pas un de félicité quand le feu prend dans cette usine à falbalas.

Les femmes du monde dorment dans leur lit de milieu, la dégrafée de haute marque en son hôtel et la débutante gaiement en son hôtel meublé.

Les femmes de chambre dorment avec Trublot, les petites filles avec leur poupée, les deux amies... entre elles, et les filles insoumises à Saint-Lazare.

# LE DÉJEUNER DU BOURSIER

Le déjeuner du boursier ne ressemble pas aujourd'hui à ce qu'il était jadis, à l'âge d'or de la Bourse. A ce moment de spéculation forcenée, alors que tout le monde jouait, que l'on s'enrichissait en trois mois, que l'annonce financière faisait florès, le boursier tenait le haut du pavé. A lui les plus beaux équipages, les avant-scènes, les horizontales les plus suaves qu'il couvrait de diamants et de pierreries ; à lui toutes les félicités humaines ! La nourriture — le matin du moins — ne tenait qu'une faible place dans son existence. Ne fallait-il pas être de bonne heure à la Bourse pour acheter 500 Union, 200 Suez ou 300 Timbale ? Mais il était urgent de prendre des forces pour la bataille qui durait trois bonnes heures ; aussi tous les restaurants et les cafés à la mode du boulevard et des voies qui mènent à la Bourse étaient-ils pris d'assaut dès la onzième heure du matin. Les banquiers, les gros spéculateurs et les agents de change s'installaient au café Anglais, chez Bignon, à la Maison d'Or, au café Riche ou chez Paillard. Les joueurs, pour être plus près du terrain de leurs exploits, garnissaient les tables du restaurant Champeaux, dont le jardin, avec son bassin plein d'écrevisses qui grouillent, fait l'admiration des provinciaux. Ces derniers écarquillaient les yeux en voyant les remisiers faire concurrence aux garçons en venant présenter la cote à leurs clients et leur signaler la *tendance!* On buvait les vins des meilleurs crus, on mangeait les plats les plus fins et personne ne regardait à la dépense.

*Que les temps sont changés!* comme on dit dans le répertoire classique. Les banquiers ne venant à la Bourse que sur le coup de trois heures moins le quart, puisqu'ils se sont mis en grève, déjeunent tranquillement chez eux. Je ne sais pas ce qu'ils mangent, puisqu'ils ne m'ont jamais fait l'honneur de m'inviter, mais je suis sûr qu'ils n'en sont pas encore au radis noir de Rodin et qu'ils ne sucrent pas leur café avec de la mélasse.

Certains coulissiers, au lieu de la côtelette d'agneau aux pointes d'asperges qu'ils arrosaient d'une demi-Hermitage 1865, partagent l'ordinaire de leurs employés; soit une tête de veau et des épinards au jus, chère aussi maigre que le bénéfice qu'ils réalisent avec les mouvements minuscules qui se produisent sur la Rente. Quelques agents vont au *Lyon d'Or*, ce qui ne fait pas remonter *celui* cher aux chirurgiens et aux entrepreneurs des pompes funèbres.

Les quelques spéculateurs restés sur la brèche et qui opèrent sur le Suez se sustentent chez Lemardelay, au café Cardinal, chez César — au boulevard Poissonnière, ou chez Noël-Péters.

Dans les salons de ce dernier, on rencontre beaucoup de coulissiers bordelais qui ont surnagé dans le naufrage général et ont su faire leur pelote.

Les courtiers allemands, autrichiens, hongrois,

les représentants des *brokers* de Londres mangent le plat du jour au café de la Bourse ou à la taverne de la Petite Bourse.

Les principaux teneurs de carnet échangent.... leurs lazzis entre le roastbeaf et le *slutton* à la taverne de Londres, chez Edouard, place Boïeldieu.

La *gomme*, les remisiers anglais, les associés d'agents de change, vont chez Galoppin. On entend crier : James par-ci, James par-là. Pendant la Bourse, les hauts bonnets de la publicité financière y vont boire le sherry et faire un *matador* ou une *araignée*.

Les acheteurs de primes dont 50 mangent au café du Vaudeville ou chez Roussel, qui a pour voisins les rédacteurs du *National* et du *Soleil*. Ils y viennent prendre des bocks entre deux articles, et pour Roussel, ce n'est pas le cadet... de ses soucis, puisqu'il n'en a pas.

Ceux qui sont tout à fait rincés vont dans une des trente-trois tables d'hôte éparses dans le quartier, lesquelles feraient faire une grimace significative aux dégustateurs du Laboratoire municipal chargés d'y faire une expertise.

Tel est en abrégé le tableau de ce coin du *ventre de Paris*, qui ferait gémir dans leur tombe Brillat-Savarin, le baron Brisse et Charles Monselet.

# LES SOUPERS DE CENTIEME

Une tradition qui, depuis 1889, tend à disparaître. C'est un peu la faute de l'Exposition : en effet, pendant les six mois à jamais mémorables pendant lesquels la tour Eiffel apparut embrasée aux yeux éblouis des Parisiens, les théâtres ne donnèrent aucune nouveauté, mais ils se livrèrent à une orgie de reprises qui faisaient salle comble. Lorsque le règne de MM. Alphand et Berger fut terminé, il y eut une éclosion de pièces nouvelles, mais aucune ne doubla ce cap attendu par les auteurs comme le Messie. L'influenza, d'une part, la satiété, de l'autre, firent que des pièces qui jadis n'auraient pas quitté les colonnes Morris pendant six mois, furent abandonnées à la cinquantième et même avant.

Il faut dire aussi que le public est devenu beaucoup plus difficile; il faut ajouter que les affaires qui, sous tous les gouvernements, vont toujours mal, sont la pierre de touche des gens économes. Les temps bénis par les directeurs ne sont plus où l'on revenait voir une pièce dix à douze fois. Aujourd'hui « une seule et c'est assez! » et encore faut-il que la Renommée aux cent bouches des critiques et soiristes invite les bons bourgeois de Paris à venir s'enfermer dans une salle où, grâce à l'électricité et aux courants d'air, on attrape mainte-

nant des coryzas au lieu d'être grillés et asphyxiés
comme jadis.

Donc, nous sommes loin de ces agapes où, après
avoir encaissé des sommes folles, les directeurs et
les auteurs invitaient à une petite fête intime leurs
interprètes et les petits aristarques de la critique,
les gros refusant pour la plupart de prendre part à
ces fêtes nocturnes.

*Nocturnes* n'est pas le mot propre, car d'aucuns
ont célébré leurs succès centenaires dans des fêtes
diurnes. Du temps que Brébant était encore à la
mode et que le centre de Paris se trouvait au boulevard Montmartre, quelques soupers se donnèrent
chez lui. Ainsi pour celui du *Petit Ludovic*, qui eut
lieu dans les salons de ce restaurateur... des lettres.
Burani, pour fêter son *Cabinet Piperlin*, réunit ses
amis et les artistes de l'Athénée Montrouge dans
un de ses cabinets...naturellement.

Il est loin déjà le jour où M. Victor Koning, alors
directeur de la Renaissance, rompit avec la tradition
et au lieu du souper où le menu est toujours le
même, offrit un déjeuner au *Petit Duc de Parthenay*
sur la terrasse du restaurant Henri IV, à Saint-Germain. Les officiers de la garnison envoyèrent à Jane
Granier d'immenses gerbes de fleurs et vinrent au
dessert choquer leurs verres avec ceux des convives,
en buvant à la diva.

Sauf les théâtres subventionnés, presque tous les
autres ont eu des soupers de centième. Lorsque Beaumarchais abandonna la tirade à effet et remisa aux
accessoires la *Croix de ma mère* et le *Poignard de*

*mon père*, M. Debruyère, qui en était le directeur,
ne regretta pas d'avoir changé ce genre et le *Droit
du Seigneur* célébra sa centième en un véritable ban-
quet préparé sur la scène même du théâtre. Edouard
Philippe, dont la réputation d'artificier était alors à
son berceau, imagina, entre la poire et le fromage,
d'allumer quelques flammes de Bengale; Debruyère,
au milieu d'un feu roulant de lazzis, eut peur qu'un
autre feu ne se mit aux décors, et il fit poster derrière l'émule de Ruggieri deux pompiers, la lance
en arrêt.

La centième de l'*Assommoir* fut marquée par une
fête naturaliste donnée à l'Élysée. Tous les invités
étaient en tenue de travail, sauf le maître qui avait
revêtu son habit !!!

C'est au café Riche que Valabrègue et Grenet-
Dancourt réunirent leurs invités, pour célébrer le
centenaire de *Trois femmes pour un mari*. Cette
pièce a mis dans le mille, mais il n'y eut qu'une
seule fête. Ce n'est pas comme pour *Jeanne, Jean-
nette et Jeanneton* et les *Cloches de Corneville*, dont
par trois fois on but à l'éclatant succès. Les soupers
de ces deux pièces des Folies-Dramatiques se don-
naient sur la scène, les danses avaient lieu dans le
foyer du public. Le pauvre Luco, le fameux bailli,
imagina, au deuxième centenaire des *Cloches*, un
intermède assez réussi. Un guignol était dressé sur
la scène et des marionnettes y donnèrent la parodie
de cette pièce si populaire. Je me rappelle encore le
fameux chœur de : « Voyez par-ci, voyez par-là. »

Les marionnettes ne montraient pas comme les

actrices en chair et en os leurs jambes rondelettes,
mais, faisant face au public, elles montraient
leur...

Vous me comprenez.

Une seule fois l'Odéon, le grave Odéon, célébra
une centième, celle de *Formosa*, la pièce de Vacquerie. Ce fut un véritable dîner littéraire donné à
l'Hôtel Continental, qui réunit deux cent cinquante
convives triés sur le volet. Victor Hugo avait la
présidence d'honneur. Les poètes les plus célèbres,
et les hommes politiques, fraternisaient avec les critiques les plus autorisés et les courriéristes les plus
mondains. Il n'y eut que deux femmes à ce dîner :
Mme Aimée Tessandier et Mlle Suzanne Pic. Les
chants et les danses furent cette fois remplacés par
des toasts chaleureux et de véritables discours aca-
démiques. A ce même Continental eut lieu la centième de la *Fille du Tambour-Major* et celle de
*Madame Favart*; les deux dîners furent très gais.
Il est vrai qu'Offenbach était encore de ce monde.
Le maestro oubliait ses souffrances physiques, rede-
venait jeune et prononçait des toasts en un langage
coloré que je ne saurais mieux comparer qu'au vo-
lapuk.

Le souper du *Voyage en Suisse* fut très original.
Pour la circonstance, les Hanlon-Lee jouèrent une
pantomime inédite, véritable soirée épique. On
soupa un peu partout : dans le salon oriental plus de
cinquante invités des deux sexes soupèrent à la
turque. Rappelons encore le souper de la *Mouche
d'or*. Ce souper fut un voyage au long cours... à

Saint-Cloud. M. Emile Rochard avait nolisé un bateau — une mouche, bien entendu. Pendant trois
heures, les rives de la Seine retentirent d'échos
joyeux et d'une musique endiablée,

Car nous étions trois cents à bord de la tartane!

chantant, riant, dansant. Malheureusement, à la
tombée de la nuit, un orage épouvantable vint
fondre sur les invités disséminés dans le parc de
Saint-Cloud, où la fête champêtre devint une fête
nautique, — mais sans bateau.

Plus tard, M. Rochard, ne voulant pas faire
mouiller ses invités, leur offrit souper et bal sur la
Seine — pardon, sur la scène du Châtelet — pour
célébrer la centième des *Mille et une Nuits*. Il y eut
un intermède bien amusant : la course aux jambon-
neaux organisée par quelques journalistes que pour-
suivaient les deux petits éléphants de la pièce.

. Au souper de la *Mascotte*, donné également au
Continental, les discours d'usage furent remplacés
par une tombola assez originale. Le chapelier De-
lion, le fournisseur des Bouffes, avait envoyé dix
chapeaux d'hommes et dix chapeaux de femmes.
Bien entendu, les dames gagnèrent les coiffures mas-
culines et les hommes les coiffures féminines. M.
Cantin ne gagna rien, néanmoins il fut coiffé... de
son compositeur favori, Edmond Audran.

*Coco*, de joyeuse mémoire, fut célébré à Enghien,
en un déjeuner donné à l'Hôtel de la Paix. Rien de
plus drôle que la descente du train devant une triple
haie de spectateurs. Le pauvre Christian avait ceint

son écharpe tricolore et donnait gravement la main
à Mlle Silly. Si les habitants d'Enghien n'avaient pas
été au courant de la situation, ils auraient cru assister au couronnement d'une rosière, nouvelle manière.

De pareilles fêtes n'ont jamais de seconde édition :
aussi, pour la centième de *Paris en actions*, dont
l'émission avait si bien réussi, Brasseur et les auteurs, MM. Blum et Toché, se contentèrent du
souper traditionnel offert chez Brébant ; le souper
du *Grand Casimir* fut donné aux Variétés dans le
foyer public.

Celui de *Lili* également, avec cette particularité
que les deux auteurs, MM. Hennequin et Millaud,
recevaient leurs invités en costume de *Pioupious*
du règne de Louis-Philippe, presque tous les artistes
avaient endossé l'uniforme militaire de l'époque.

*Au clair de la lune* fut « chanté » dans le foyer du
public du théâtre des Menus-Plaisirs.

Dans quelques théâtres, comme au Vaudeville et
au Gymnase, cela se passe en famille. A la centième,
voire même à la cinquantième, les auteurs sablent
le champagne avec leurs interprètes dans le foyer
des artistes. Quelques-uns offrent un souvenir durable sous forme d'un bijou, se rappelant que
les petits cadeaux entretiennent l'amitié ; d'autres
se contentent de donner leur brochure avec une dé-
dicace — toujours très spirituelle.

Une remarque : M. A. d'Ennery, celui qui a eu le
plus de pièces centenaires, n'a jamais donné de
souper de centième — voulant sans doute ménager
l'estomac de ses interprètes.

# VOYAGE DANS PARIS

## Impressions d'un flâneur.

C'est place de la Trinité que je la rencontrai.

Elle devait descendre de la rue Blanche ou de la rue Pigalle.

A moins qu'elle ne vînt de la rue Londres,

De la rue de Clichy,

De la rue Saint-Lazare,

Ou de la rue de Châteaudun.

Peu importe, du reste.

Elle enfila la rue de la Chaussée-d'Antin.

Et moi, flâneur, n'ayant rien de mieux à faire, je la suivis.

Elle marchait très vite, de l'air très décidé d'une personne qui a beaucoup à faire.

Et j'en conclus qu'elle n'était pas sortie ce jour-là seulement pour se promener.

Elle faisait claquer, à chaque pas, le talon de ses bottines sur le bitume du trottoir, et de ce claquement sec, toujours égal, alternatif et symétrique, je conclus qu'elle ne boitait ni d'une jambe ni de l'autre.

Elle avait les épaules larges, un peu bombées, descendant gracieusement vers l'amincissement d'une taille fine, d'où les hanches s'élargissaient triomphalement.

D'où je conclus qu'elle devait être fort bien faite, et que l'intimité d'une semblable créature devait ménager de très agréables surprises.

J'eus le long de l'épine dorsale un lent frisson de volupté.

A ce moment nous arrivions juste au carrefour de la rue Lafayette et du boulevard Haussmann.

Elle était restée sur le bord du trottoir, ne pouvant traverser; une file de voitures barrait la rue.

Enfin une éclaircie se produisit dans le monôme des fiacres; ramassant ses jupes dans sa main gauche, elle traversa la chaussée.

Et je pus tout à loisir admirer un joli mollet rond et ferme, gracieux et cambré.

(Cambré, participe passé du verbe cambrer, arquer légèrement. Ne pas confondre avec Cambrai, chef-lieu d'arrondissement du Nord, à 60 kilomètres de Lille, sur l'Escaut; 22,079 habitants. Place forte, archevêché, toiles, batistes, dentelles, etc.)

De ce mollet entrevu, je conclus qu'elle avait la jambe faite au moule.

Elle monta sur le refuge au milieu du carrefour.

Là, je l'avoue, j'eus une minute d'angoisse impatiente.

Etait-ce une actrice du Vaudeville ou une danseuse de l'Opéra?

Allait-elle continuer la Chaussée-d'Antin ou prendre la rue Halévy?

Elle prit la rue Halévy.

C'était une danseuse de l'Opéra !

Mais elle ne tourna pas rue Gluck.

Ce n'était pas une danseuse de l'Opéra !

Alors ?...

Alors, elle longea l'Opéra, traversa le boulevard des Capucines, ce qui me permit de reentrevoir le coin de mollet sous les blancheurs des jupes retroussées, et prit l'avenue de l'Opéra.

Ah ça ! où allait-elle ?

J'étais dérouté,

Intrigué.

Et je continuais à la suivre de très près.

Elle avait sur la nuque des petits cheveux qui se tortillaient comme des tire-bouchons minuscules.

Au-dessus, la masse fauve des cheveux blonds.

D'où je conclus qu'elle devait avoir les tendresses câlines et les amours langoureuses des blondes.

Nous arrivions place du Théâtre-Français.

Serait-ce une pensionnaire de Claretie ?

Non ; elle passa sous les galeries sans s'engouffrer dans la porte sacrée.

Elle continua le trottoir du Palais-Royal. Je pensai : j'y suis.

Elle va au Louvre faire l'achat de quelques bibelots.

Elle passa devant les portes du Louvre sans même jeter un regard à l'étalage.

Elle traversa et se trouva rue de Rivoli, longeant le ministère des finances.

Où diable allait-elle ?

J'avais une envie folle de lui adresser la parole.

Mais je suis trop timide.

Je n'ai jamais osé parler à une femme dans la rue.

Ce qui m'a fait rater les plus belles occasions.

Je me contentai de la serrer de plus près.

Je marchais presque sur ses talons.

Par moments elle tournait à demi la tête.

Ce qui me permettait de l'observer davantage.

Elle avait des cheveux sur le front, descendant presque sur le nez.

Un nez dans lequel il devait tomber de l'eau les jours de pluie, dressé audacieusement au-dessus de la bouche.

Une bouche largement fendue, rejoignant presque les deux oreilles.

Des oreilles semblables à des spatules d'éléphant, qui étaient le plus bel ornement du visage.

Et le visage tout blanchi à la poudre de riz, là où il n'était pas tout vermillonné de carmin.

A part ça, adorablement naturelle.

Pendant ces remarques, elle avait tourné au Pont-Neuf.

Puis suivi le quai de l'Horloge.

Le long du Palais de Justice.

Là, arrivée à une grande porte garnie d'un factionnaire, elle se retourna vers moi :

— Dis donc, chéri, attends-moi, j'en ai pour cinq minutes. Le temps de faire viser ma carte, et nous irons siffler un bock.

# L'AVANT-PREMIÉRISTE

Il y a quelque quarante ans, les théâtres étant moins nombreux et les choses qui s'y rattachent passionnant moins le public, que le reportage et l'information télégraphique n'avaient d'ailleurs pas encore rendu impatient d'être renseigné à la minute, les critiques prenaient leur temps pour écrire leur feuilleton, qui ne paraissait que tous les huit jours, le lundi; d'où le nom de lundistes. Ce fut l'époque de Charles Maurice, de Théophile Gautier, Jules Janin, Paul de Saint-Victor, Fiorentino, Achille Denis. Mais bientôt la liberté des théâtres, la multiplicité des nouvelles scènes ouvertes au goût croissant du public, et ce besoin d'information rapide qui caractérise notre époque, rendirent insuffisants les comptes rendus hebdomadaires et les nouvelles des journaux spéciaux comme l'*Entr'acte*, la *Revue théâtrale illustrée* et le *Figaro-Programme*. On voit alors apparaître le compte rendu du lendemain, et le *Figaro* inaugure les échos quotidiens avec Paul Lafargue et Jules Prével. Puis, Arnold Mortier inventa la *Soirée parisienne* : on sait combien il eut d'imitateurs... spirituels; les soiristes ne le sont-ils pas tous?

Mais, à une curiosité de jour en jour plus insatiable, il fallait encore quelque chose de plus : être renseigné ne suffisait pas; on réclamait des indiscrétions. Et vite, crayon en main, au besoin aidé de l'appareil photographique, le reporter se mit à l'œuvre. L'*Instantané* et l'*Avant-première* apparurent, le premier esquissant en quelques lignes brèves la silhouette des auteurs ou des artistes, à la première page du journal; celle-ci ébruitant prématurément les détails, *clous*, décors, costumes, mise en scène de la pièce la veille de son apparition. Est-ce un bien, est-ce un mal? J'inclinerais à juger ces habitudes nouvelles comme plutôt nuisibles. Être trop prévenu de ce qui va se passer gâte le plaisir en enlevant les émotions de la surprise, et à vouloir escompter à l'avance le succès on risque fort de ne préparer qu'une désillusion. Combien de fois l'annonce qu'on va entendre un récit très piquant ne glace-t-elle pas le sourire sur les lèvres, et la vue d'une toile qu'on nous avait exaltée comme un chef-d'œuvre ne nous procure-t-elle que l'impression d'une vulgaire croûte!

Quoi qu'il en soit, voilà l'avant-premiériste en fonctions; il court, il s'agite, il s'insinue, il force toutes les consignes. Voyez-vous ce monsieur, l'air affairé, les poches bourrées de journaux, un bloc-note à la main, qui s'arrête devant les colonnes Morris, inspecte les abords du théâtre, se précipite par l'entrée de l'administration? C'est lui. Il lui faut de l'inédit, n'importe à quel prix. Pour une indiscrétion, il est prêt à tout. Tenace et insinuant, si le directeur a éludé toutes ses questions, si le régisseur reste muet, les artistes impénétrables, le secrétaire invisible; si le peintre refuse de lui laisser jeter un coup d'œil sur les décors qu'il vient de brosser et le costumier de lui montrer la maquette des costumes ou les étoffes mirobolantes des toilettes de ces dames, il n'hésitera pas à se servir de la ruse.

On le verra offrir sur le zinc un litre à quelque figurant pour lui arracher le tuyau, le bienheureux tuyau grâce auquel le soir même il triomphera dans ce match à outrance de l'indiscrétion théâtrale. Il ira au besoin jusqu'à figurer lui-même, pour pouvoir raconter *de visu* et *de auditu* les curiosités de la pièce et en déflorer l'intérêt avant la *première*.

Il faut s'y faire; ainsi le veulent les idées nouvelles et le goût du jour. Ce n'est pas maintenant que M. Sardou pourrait montrer des dents de *crocodile*, parce qu'un journaliste trop zélé aurait soulevé le voile qui cache encore... non pas ces dames, mais le mystère de la comédie sur les surprises de laquelle l'auteur et le directeur comptent pour le lendemain.

# LES BARAQUES DU NOUVEL AN

Comme un champignon qui sort
Soudain la nuit de la terre,
De même à l'heure où tout dort
Dans l'ombre et dans le mystère,

En quatre coups de marteau
Clouant dix ou douze planches
Ont surgi tout aussitôt
Les mille baraques blanches.

Et maintenant les voilà
Exposant leur pacotille
Le long des trottoirs, de la
Madeleine à la Bastille.

Baraques du Jour de l'An,
Elles se campent en face
Du magasin ruisselant
D'or, de lumière et de glace.

Les vendeurs audacieux
Lui font rude concurrence,
Et prodiguent sous les cieux
Une lyrique éloquence.

Sous les pâles lumignons
On voit les polichinelles

Danser, des oiseaux mignons
Entr'ouvrir, grandes, leurs ailes.

On voit de beaux bébés bleus,
D'autres blancs, et d'autres roses,
Des joujoux miraculeux
Et de fabuleuses choses,

Bicyclette, âne ou lapin,
Nouveau jouet franco-russe,
Bibelots en carton peint
Rouges, verts ou bleus de Prusse.

Tout éblouis, les enfants
Arrondissent leurs prunelles,
Fixent, neufs et triomphants,
Bébés et polichinelles.

Et les parents derrière eux,
Plus enfants que leur mioche,
S'amusent de tous ces jeux,
Et mettent main à la poche.

Cependant, tous les badauds
— Cohue épaisse et pressée —
S'arrêtent, — et dos par dos
Gagnent toute la chaussée.

Le trottoir est interdit
A l'homme affairé qui vaque
A sa besogne, et maudit
Le flâneur et la baraque !

# NEIGE, VERGLAS, BROUILLARD,
## DÉGEL

Paris a été surnommé la Ville Lumière, non pas
parce qu'elle est éclairée par des flots combinés de
gaz et d'électricité et des torrents où tous les arts se
confondent, mais parce que c'est la vraie capitale du
soleil. Trouvez ailleurs qu'à Paris, alors que Phœbus
nous inonde de ses chauds rayons, spectacle plus
agréable à l'œil que les boulevards bondés de promeneurs, alors que les terrasses des cafés regorgent
de consommateurs. Quelle promenade peut égaler
l'avenue du bois de Boulogne et l'allée des Acacias,
sillonnées d'écuyers, d'équipages débordant d'élé-
gantes Parisiennes, de locatis dans lesquels s'étalent
les étrangers, les provinciaux et les rastaquouères ?

Mais lorsque le thermomètre descend au-dessous
de zéro, lorsque la Seine charrie des glaçons (sans
allusion à ces demoiselles des Bouffes ou des Nouveautés), lorsque les ruisseaux sont pris et qu'au
milieu d'un brouillard londonien on s'expose à prendre sa belle-mère pour une belle... petite et un imbé-
cile pour un homme d'esprit, adieu les riants tableaux, adieu la poésie, adieu surtout la gaieté !

Et voyez ce qu'il advient pendant ces perturba-
tions atmosphériques.

Les pneumatiques s'arrêtent. On ne sait plus

l'heure et l'on rate les rendez-vous d'amour ou d'affaires. Quand c'est avec un huissier ou un créancier, c'est pain bénit; mais quand c'est avec l'objet de sa « flamme » ou avec un notaire qui doit vous mettre en possession de l'héritage d'un parent éloigné (5,000 lieues), c'est une autre paire de manches, comme dit M. de Freycinet (de l'Académie).

Les conduites d'eau de la Dhuys et de la Vanne sont gelées. Plus d'eau ! Ça fait plaisir aux gens qui ne se lavent que tous les quinze jours, mais ça embête furieusement les amateurs de l'hydrothérapie, et cela dérange les agenouillées et les instantanées dans leur petit commerce.

On a des gerçures et des crevasses aux lèvres et aux mains. Les pharmaciens jubilent, mais les patients grincent des dents.

Dans les voitures, les chaufferettes se refroidissent ; on attrape l'onglée ou des engelures ; comme c'est agréable quand, le soir, on doit conduire le cotillon chez la baronne de Haut-Chignon !

Au théâtre on est constamment dans les courants d'air. En gardant sa pelisse, on étouffe ; en la confiant à l'ouvreuse on s'enrhume. Tous les spectateurs toussent, et les classes dirigeantes vous crachent dessus... surtout dans les théâtres populaires.

On a tout le temps envie... de s'introduire dans une colonne... du boulevard. La place est toujours prise, et l'on manque de se casser les reins en glissant sur l'...eau répandue par terre.

On ne voit pas clair à la Bourse. On allume une vieille lampe pour éclairer la corbeille, et les commis

brûlent des bouts de bougie. C'est le moment, c'est
l'instant où l'on vous fait prendre les actions de la
Banque lunatique pour celles de la Banque de France
et les vessies pour des lanternes.

Des changeurs et des banquistes profitent de l'obscurité pour s'éclipser.

Les marchands de poêles mobiles ou immobiles
font des affaires d'or. Les pompes funèbres également, par suite des nombreux décès occasionnés par
*iceulx*.

Le Gaz n'éclaire pas... C'est son habitude. Ma
blanchisseuse me rapporte du linge qui, au lieu d'une
blancheur immaculée, est d'un gris repoussant. C'est
pas la faute à cette malheureuse insulaire de Boulogne (Seine).

Le nègre de la Porte Saint-Denis est tout blanc.

Les omnibus sont envahis. On est serré par les
voisins. Comme c'est charmant, quand ils sentent
l'ail.

Les immondices et les détritus s'amoncellent dans
les rues. Ca vous a une odeur *sui generis*... Où est
mon opoponax?

Puis le dégel arrive. Alors on patauge dans des
tas de boue. L'humidité suinte partout! On abîme
ses vêtements, on est éclaboussé ; on rage, on ne
décolère pas, et quand, le soir, dans le dodo réparateur, on veut se rapprocher de Bichette, elle vous
éternue au visage, vous parle charabia, car elle est
enrhumée, et la repopulation est encore une fois
arrêtée.

# MARCHAND DE MARRONS

Pas tout à fait sur le boulevard, mais à deux pas, au coin des rues Drouot et Rossini, il donne pour leurs deux sous, aux trottins, aux chasseurs des cercles, aux garçons de magasin et aux grooms des rédactions, les châtaignes qui réchauffent leurs gros doigts rouges tout glacés et satisfait leur gourmandise peu coûteuse.

Cyprien, il s'appelle Cyprien, a maronné toute sa vie.

En tétant sa nourrice, en faisant ses dents, quand on le vaccina, il maronnait.

Ses parents ne l'avaient pas voué au bleu, mais l'habillaient d'un costume marron.

Pourquoi pas chocolat?

Quand on lui apprit à lire, il maronna.

Quand on l'obligea à user ses culottes au collège, sous prétexte d'*Epitome sacræ*, il maronna.

Il préférait les user sur le sol en jouant avec des soldats de plomb, — la joie de nos jeunes années.

Quand, à seize ans, il fit la cour traditionnelle à la cuisinière, et qu'elle l'envoya promener, préférant à cet éphèbe un beau lignard, son pays, il maronna,

Et alla promener son désespoir amoureux,
Non pas sous les tilleuls ou sous les ormes,
Mais dans une allée de marronniers.

Enfin, il eut une maîtresse, dont il fit la rencontre au Moulin-Rouge.

Huit jours après il alla en consultation rue de Tournon.

Il maronna.

Il y avait de quoi.

Deux ans après, complètement guéri, il s'engagea dans le corps des pompiers, pour ne pas quitter Paris.

Son caporal lui fit tout le temps poser des marrons à l'Opéra et à l'Opéra-Comique, ce qui n'empêcha pas ces deux théâtres subventionnés de flamber.

Son congé fini, il alla à la Bourse, et comme il voulait s'enrichir vite,

Il se fit courtier marron.

Il réalisa des bénéfices énormes.

Il acheta de la *Timbale* et du *Rio.*

Patatras !

Le krach arriva :

Il fut ruiné du jour au lendemain.

De désespoir, il s'engagea de nouveau, cette fois dans une troupe de comédiens en tournée.

Son directeur, qui ne le payait pas, lui fit jouer cent soixante fois de suite

*Bertrand et Raton !*

Il hérita de deux oncles,

Mais, comptant sur un legs de huit cent mille francs,

Il toucha à peine 63,000,

Avec lesquels il acheta du *Panama.*

Ce qu'il maronna !

Il épousa une veuve grincheuse

Grêlée

Et qui prisait.

Il maronnait du matin au soir et du soir au matin.

Parbleu !

Elle mourut !

Il maronna en entendant les compliments de condoléance à lui adressés par un tas d'inconnus...

Qui adorent aller aux enterrements.

— Chacun trouve son plaisir où il le prend.

Abandonné à lui-même,

Il alla un soir à Bullier,

Fut aveuglé par la lumière électrique,

N'entendit qu'un jargon estudiantinois

Auquel il ne comprenait rien,

Et maronna d'être venu si loin assister aux ébats
des grenouilles de l'endroit.

A la sortie, ce fut bien pis :

Il pleuvait.

Pas de voiture.

En revanche, il fit la rencontre de deux rôdeurs
qui se disposaient à le jeter dans le fossé des fortifications,

Après l'avoir délesté de sa montre, de son portefeuille et de son porte-monnaie.

Heureusement, deux braves gardiens de la paix

Survinrent à propos...

C'est rare, mais pour une fois !

Il dut aller au poste pour faire sa déclaration, au
lieu de rentrer *at home*, pour prendre deux bonnes
tasses de thé, ce qui le fit maronner.

Et, comme il s'ennuyait tout seul chez lui,
Il alla successivement :
A Déjazet,
Au Château-d'Eau,
Aux Bouffes-du-Nord...
Ce qu'il s'y ennuyait et ce qu'il maronna !
Il eut un peu plus de veine au *Casino de Paris*.
Qu'il trouva aussi amusant que les Folies-Bergère.
Mais, en traversant la place de la Trinité, il pinça
un rhume.
Ah ! quel rhume !
Il maronna...
Enfin, s'armant d'une forte dose de philosophie,
Il se fit
*Marchand de marrons!*

# LES SURPRISES DU PATINAGE

## Interview d'un Patineur.

Quand il pleuvait, pleuvait, pleuvait,
(L'eau dans la rue avait un mètre),
Le patineur pleurait, pleurait,
En consultant son thermomètre.

Aujourd'hui, le voilà joyeux,
Il gèle à fendre la muraille,
La bise souffle dans les yeux.
Le patineur triomphe et raille.

Il rêve à ce cher moment: quand
Il s'élancera sur la glace,
En toque et veston d'astrakan,
Sans que le patin ne le lasse.

Et, défiant brume et verglas,
Il n'a plus une autre besogne
Que d'aller voir s'il ne prend pas,
Le grand lac du bois de Boulogne.

Enfin, il a pris, le lac du bois de Boulogne. Et les gardes laissent glisser sur la glace assez épaisse les fervents du sport hivernal.

D'où vient donc qu'après cette belle journée où il a pu s'en donner à cœur joie, il revient, notre patineur, la tête basse, pâle, défait ?

Je le prends à part, je l'interroge doucement, et il se confesse à moi, le pauvre, avec de gros sanglots dans la voix, et dans les yeux de grosses larmes qui, en tombant sur le sol, y occasionnent un périlleux dégel.

Voici ce qu'il me raconte :

« J'étais son fiancé.

« Idéale !

« Des cheveux d'un blond ardent, lourds, épais, ayant sous le grand soleil les reflets dorés des épis mûrs.

« Des yeux !... oh ! des yeux étonnants. Pas du tout pareils : l'un noir, très vif, chargé d'éclairs comme un ciel d'orage, mais l'autre, le gauche, terne, comme voilé. Contraste qui donnait à la figure un charme étrange.

« Des dents superbes qui, dans le sourire des lèvres, apparaissaient régulières, éblouissantes dans leur éburnéenne pâleur.

« Taillée en pleine chair, avec cela.

« Des seins qu'on sentait à l'étroit sous ce corsage bombé et qu'on devinait prêts à crever l'étoffe pour reconquérir leur liberté.

Et de tout autre côté, si l'on s'en rapportait à la courbe puissante de sa robe, admirablement douée de ces attributs callipyges dans le développement desquels notre maître Armand Silvestre place le fondement des joies conjugales.

Elle était danseuse de ballet, et la rumeur publique ajoutait qu'elle en avait rôti bon nombre de manches. Mais le monde est si méchant ! Et puis, j'estime qu'il faut avoir *fait la vie* pour bien la connaître.

« D'ailleurs, je l'adorais. Nous avions échangé mutuellement l'anneau des chastes fiançailles.

« Elle aimait patiner.

« Je raffolais de ce genre de sport.

« C'est ainsi que, par cette sibérienne journée de janvier, nous nous trouvâmes au Bois, sur le lac, décrivant de capricieuses arabesques, de sinueux méandres, filant avec la rapidité du vent.

« Ah ! mes amis, quelle délicieuse partie !

« Nous allions toujours, les mains dans les mains, glissant légèrement, emportés comme dans un rêve au milieu des autres patineurs, qui s'écartaient pour nous laisser passer, et j'entendais autour de nous l'admiration se manifester par les plus flatteurs murmures.

« Et je sentais monter à mes lèvres toute l'ardente litanie d'amour que mon cœur ne pouvait plus contenir. Et mes mains serraient plus étroitement encore les deux petites menottes qu'elles tenaient.

« Tout à coup, patatras !

« Nos patins ont heurté je ne sais quel rabotement de glace, et nous voilà projetés à dix mètres, le nez en avant.

« Je me relève vite, sain et sauf, et je cours à ma tendre amie, étendue inerte sur la glace.

« Hélas! trois fois hélas !

« Dans le terrible choc, sa toque de loutre avait roulé à quelques pas, entraînant avec elle les beaux cheveux blonds aux reflets dorés d'épis trop mûrs !

« Et le crâne apparaissait, odieux dans sa hideuse nudité, le crâne luisant où verdissaient encore comme des brins d'herbes desséchés quelques ridicules et rares poils jaunâtres.

« La bouche, du cri qu'elle avait dû pousser en tombant, était restée ouverte, et dans l'entrebâillement je vis — oh ! que ne suis-je devenu aveugle ! — je vis les dents régulières, éblouissantes dans leur éburnéenne pâleur, montées sur d'artificielles gencives roses, qui, déplacées par la chute, sautées de travers, empêchaient maintenant les lèvres de se rejoindre.

« Par une contraction nerveuse, les paupières, jusque-là baissées, se relevèrent, et je reculai d'horreur.

« A la place de l'œil gauche s'ouvrait une cavité noire, profonde, béante comme un puits.

« Je sentis tout à coup un craquement sous mon pied, et je compris !

« J'écrasais l'œil de verre terne, comme voilé, qui faisait avec l'autre — le vrai ! — un contraste si étrange.

« Et, dans l'ébouriffant désordre des jupes, où la pudeur était indécemment trahie, alors 'je vis à la place du radieux attribut callipyge dans le développement duquel mon maître Armand Silvestre place le fondement des joies conjugales, une maigrelette

platitude qui eût tenu dans le creux d'une main
d'enfant.

« Ce fut le dernier coup !

« Oh ! mon rêve, mon rêve !

« Mais, comme elle ne bougeait toujours pas,
voulant la faire revenir à elle, pris d'une humanitaire
pitié, je m'agenouillai et commençai à dégrafer son
corsage pour qu'elle pût respirer à l'aise. Je sentais
sous mes doigts tremblants la pression de sa gorge
puissante, avide de liberté.

« Soudain, comme cédait le dernier bouton, deux
ressorts se détendirent et je reçus en pleine poitrine,
à bout portant, deux seins de caoutchouc durci.

« A mon tour, je m'évanouis ! »

# LE BILAN DE L'HIVER

Après la pluie, le beau temps. Après les rigueurs d'un hiver sibérien, voici venir les effluves printanières.

A nous les chauds rayons du soleil ! Point n'est besoin d'aller les chercher au pays des orangers.

Paris a repris sa physionomie habituelle. Des flâneurs et encore des flâneurs, des étrangers et des provinciaux s'arrêtant devant tous les étalages, des petites femmes qui vous font de l'œil, mais qui ne font pas l'œil, des céladons et des clercs de notaire en quête de bonnes fortunes. Vive la joie et vive l'amour !

Maintenant que tout est rentré dans l'ordre météorologique et que les saisons suivent leur cours, faisons une petite statistique des gens qui ont souffert ou qui ont profité de ces journées brumeuses et de ces nuits pendant lesquelles le thermomètre s'était livré à des cascades enfonçant celles de la Goulue ou de Grille-d'Egout (brevetées pour l'instruction des actrices).

Ceux et celles qui ont été victimes du froid sont :

Les directeurs de théâtre... Allez donc quitter un appartement bien chaud et le coin de votre feu pour aller entendre dans une salle exposée à tous les vents des tragédies ou des drames lyriques, alors que les artistes sont tous enrhumés du cerveau.

Les entrepreneurs de bal... On n'avait guère le cœur à la danse, et c'est ainsi qu'au bal de l'Opéra, les pierrots étaient *rari nantes in gurgite vasto*. Quant à ces dames, elles rentrèrent toutes bredouilles après avoir tenté, mais en vain, de se faire offrir à souper par un rastaquouère.

Les propriétaires de restaurants nocturnes... Les joyeux viveurs préféraient rester dans leur lit les pieds sur leur *moine*.

Les sages-femmes... La statistique municipale constate, en effet, que pendant ce trimestre hivernal il y a eu moins d'accouchements que d'habitude. Ces matrones de première ou de dernière classe se rattraperont l'année prochaine.

Les marchands d'huîtres... Ces mollusques (les huîtres !) étaient tous gelés — et une huître gelée, c'est bien mauvais. — Il est vrai qu'une huître pourrie, ça n'est pas meilleur !

Les marchandes de journaux... Allez donc lire la politique indigeste de nos leaders rhumatisants, les échos plus ou moins vrais des reporters engourdis, alors que le brouillard enveloppe la capitale.

Les boursiers... De mémoire de vendeurs de primes ou d'acheteurs de la Pouilleuse, jamais il n'y eut pareille accalmie en dedans et au dehors du temple grec. Les agents de change se rongeaient les ongles, les clients soufflaient dans leurs doigts — or, souffler n'est pas jouer, les intermédiaires en ont fait la triste expérience. — Quant aux tripoteurs des *pieds humides*, ils battaient la semelle et leur

ménagère... en rentrant, une façon comme une autre
de s'infiltrer du calorique dans les veines.

Les marchandes de fleurs... Il n'y en avait pas...
sauf les artificielles.

Les préposées aux chalets de nécessité... Tout le
monde était constipé, car le froid resserre.

Les omnibus... Celui qui y montait était sûr
d'attraper une phtisie plus galopante que les hari-
delles de l'attelage.

Les voitures chauffées... chauffées, une façon de
parler, car on attrapait des engelures sur ces bouil-
lottes tout de suite refroidies.

Ces dames... Malgré leurs brûlantes invites et la
douce perspective d'un bon feu, celui des rares promeneurs était éteint.

Les coiffeurs... Qui donc se serait fait couper les
cheveux par dix degrés au-dessous de zéro ?

Les établissements de bains... Qui donc se serait
risqué à attraper une pleurésie en sortant de sa baignoire ? Autant passer tout de suite la Bérésina.

Arrivons à ceux qui ont trouvé tout bénéfice à
cette température réfrigérante :

Géraudel ! — un point, c'est tout. — Pas de réclame.

Les pharmaciens — plus ou moins internes des
hôpitaux. — Ce qu'ils ont débité de drogues, on
n'en a pas idée rue des Lombards (300 fr. à la dernière Bourse).

Les marchands de marrons... La consolation des trottins, des apprentis typos et des télégraphistes en rupture de dépêches — je ne dis pas cela pour celles qui sont ouvertes.

Les enfants de l'Auvergne — ah ! ce que les charbonniers ont profité de la situation pour surélever les prix de leur bois vert et de leurs briquettes à une masse de trous ! ! !

Les marchands de fourrures vendant du poil de lapin (à toi, d'Alençon !) pour du renard bleu.

Les bonnetiers... Le tricot, les chaussettes de laine, les gants fourrés avaient atteint une hausse pyramidale.

Les fabricants de toupets... Que de chauves se décidèrent en effet à protéger leur crâne dénudé en s'appliquant une petite réchauffante provisoire. Mais comme le provisoire dure toujours, on peut voir notre excellent ami Edouard Philippe, dont le sommet de la tête fait concurrence à celle de Paulus. (Donne-moi donc l'adresse de ton perruquier, ô Philippe ! pas pour moi, mais pour quelques-uns de mes amis.)

Les marchands de patins. — Glissons... N'appuyons pas.

Les marchands des quatre-saisons : 1 fr. 50 une salade gelée, dix sous un œuf antidéluvien et pourri, et le reste à l'avenant.

Jouanne... Il n'y a rien de tel qu'une bonne tripe pour se réchauffer le cœur.

Les instantanées du bataillon de Cythère... Chez

elles, pendant le jour, on venait prendre l'apéritif.
Pas de détails!

Le théâtre des Variétés... Les pensionnaires mettaient un tel feu dans leur mimique que les calorifères
de M. Samuel en rougissaient de jalousie.

Le Moulin Rouge... Un chahut continu ranime les
membres engourdis.

Les disciples d'Esculape... Ils eurent à soigner
toux, rhumes, grippes, bronchites et autres maladies que le bonhomme Hiver nous apporte tous les
ans.

Les ramoneurs et les fumistes... Dans chaque saison il faut ramoner deux fois les mêmes cheminées.
C'est pourquoi elles fument encore, parole d'honneur !

Le gaz... Ce qu'on en a brûlé ! -- Voyez la statistique des asphyxiés.

# AU CONCOURS HIPPIQUE

Devant la foule qui se bouge
Sur les hauts gradins, — officiers,
Gens du grand monde en habit rouge,
Montés sur de fringants coursiers,

Sautant obstacle sur obstacle
Au bruit des « Bravos », répété
Par la foule que ce spectacle
A d'enthousiasme transporté :

Des minois gracieux et roses
Où brille, ardent, un œil mutin ;
Teints fleuris de lys et de roses ;
Toilettes de soie et satin ;

Des gentlemen fort respectables
— Membres de la Société, —
Monocle à l'œil, irréprochables,
En leur correct veston d'été ;

Et puis, le soleil magnifique
Inondant le Palais gaiement,
Tandis que, là-haut, la musique
Joue, entrainante, bruyamment ;

Voilà ce qu'on voit à l'Hippique.

# LES RAMEAUX

Le soleil d'or nous illumine,
Voici le retour du Printemps,
La nature a fort belle mine,
Les oiseaux chantent tout le temps ;
Aujourd'hui, c'est Pâques fleuries,
Partout, aux chênes, aux ormeaux
Poussent de vertes draperies :
C'est le dimanche des Rameaux !

Loin des cités, bien loin des villes,
Si vous voulez trouver la paix
Et fuir la foule aux tourbes viles
Allez au fond des bois épais.
Amoureux, à vous je m'adresse :
L'air rempli d'effluves nouveaux
A ravivé votre tendresse...
C'est le dimanche des Rameaux !

Beauté mutine et de jeune âge,
Femme d'un vieux Georges Dandin
En légitime mariage,
Toi qui n'as pour lui que dédain,
Fais croître encore sur sa tête
L'ornement des doux animaux
Dix-cors... C'est aujourd'hui la fête
C'est le dimanche des Rameaux !

Maris trompés de toute espèce,
Vous riches et vous indigents,
Mentons rasés ou barbe épaisse,
Personnages, petites gens,
Européens, sauvages, nègres,
Cessez donc de plaindre vos maux
Et pour un jour soyez allègres...
C'est le dimanche des Rameaux !

Et vous cornards, qui sous la pierre
Dormez votre dernier sommeil,
O vous, dont jamais la paupière·
Ne s'ouvrira plus au soleil,
Au lugubre séjour des mânes
Dans la nuit des sombres tombeaux
Qu'on entende rire vos crânes...
C'est le dimanche des Rameaux !

# PRIMAVERA

Voici venir les hirondelles !
C'est le retour du gai printemps,
Voyez-les reposer leurs ailes
Sur le faîte des monuments !

C'est aussi le bon et le mauvais côté de cette saison chérie des poètes et des pharmaciens !

Avec le printemps, c'est l'annonce saugrenue d'un purgatif étonnant s'étalant entre le compte rendu d'un bal blanc ou d'un concert chez la marquise de Bois-Flotté.

C'est l'éclosion de nouvelles feuilles dont le besoin ne se faisait nullement sentir et qui vivent ce que vivent les roses — vous savez le reste.

C'est la foire au pain d'épices avec ses conséquences laxatives.

C'est l'ondée qui vous surprend quand vous avez mis un complet brillant tout neuf ou que vous vous promenez avec votre bonne amie sous la feuillée dans une allée solitaire du bois.

C'est le coup de soleil en vous rendant à un concert du Trocadéro. C'est le coup de la mort une fois que vous êtes installé dans votre fauteuil près de la porte aux courants d'air (sans calembour). C'est l'occasion pour votre médecin de faire durer le plus longtemps possible la pleurésie que vous avez attrapée. Il faut bien que tout le monde vive !

C'est le départ pour Londres ou autres capitales, de nos étoiles. C'est le moment choisi par les directeurs pour écouler leurs rossignols et faire défiler devant nous leurs doublures inactives jusqu'alors.

C'est la fermeture du Concert-Parisien et de l'Alcazar ; c'est la réouverture des *Ambassadeurs* et du *Pavillon de l'Horloge*. On y entend les mêmes rapsodies, en revanche on y attrape, au premier, les épluchures et les légumes des pschuteux qui dînent sur la terrasse ; au second, des coryzas qui sont une source de profits pour les spécialistes.

C'est le rendez-vous des provinciaux des deux sexes à l'Opéra, étalant des vêtements à carreaux et des plumes jaunes, à l'amphithéâtre ou à l'orchestre.

C'est le déménagement du Cirque. Au boulevard des Filles-du-Calvaire, il n'y avait pas un chat, aux Champs-Elysées, on s'écrase pour voir les mêmes exercices. Mais c'est ainsi que l'a décidé la gomme.

C'est le Concours Hippique, où se coudoient le grand monde, le demi et le quart, qui se soucient peu ou prou des bains de pied que prennent dans la rivière les gentlemen rouges. C'est le Salon avec le torticolis et les maux de tête causés par trois heures de promenade et la contemplation des chefs-d'œuvre et des croûtes modernes ! C'est la dispute quotidienne avec le cocher qui ne veut pas charger quand vous avez besoin de lui et qui, lorsqu'il pleut, brille par son absence à la station !

C'est la poussière qui vous aveugle, l'oiseau qui
s'oublie sur votre tête, la colique que vous donne la
bière allemande, les empoisonnements chez les res-
taurateurs de la campagne, les stations prolongées
à celles des chemins de fer, le dimanche, trop heureux si vous pouvez revenir par le dernier train
dans le compartiment des bagages alors que vous
avez un billet de première. C'est votre bonne amie
qui vous trompe avec n'importe qui, sous prétexte
que c'est la faute au printemps; c'est le pot de fleurs
qui dégoutte sur vous quand on l'arrose, c'est la
course après l'impériale des omnibus, toujours prise
d'assaut, c'est le garçon épicier qui vous éclabousse
avec l'eau du ruisseau, sous prétexte de laver le
trottoir, c'est l'occasion de perdre de l'argent avec
un bookmaker peu scrupuleux.

C'est le moment pour les boutiquiers d'étaler à
leurs vitrines des marchandises défraîchies qu'ils
décorent du nom pompeux de « nouveautés » de
l'année.

C'est l'émigration en masse des Parisiens pour la
campagne. Ils logent dans des cahutes, s'ennuient à
crever et attrapent force rhumatismes. Que voulez-
vous? il n'est pas v'lan de rester à Paris après le
terme d'avril!

C'est le moment choisi par les rosières de l'an
dernier pour monter un fonds de nourrices.

C'est l'instant pour les boursiers, les spéculateurs
et les tacticiens en chambre de mettre l'Europe à
feu et à sang, y compris l'Asie, l'Afrique, l'Amérique
et l'Océanie.

C'est pour les femmes l'heure de nous montrer
qu'avec du blanc de perle et du carmin on peut avoir
cinq ans de moins tout en ayant un an de plus.

C'est l'interdiction de la pêche à la ligne, ce qui
n'empêche pas le journaliste de tirer... à la ligne et
ces demoiselles de prendre des goujons dans leurs
filets.

C'est enfin pour les propriétaires des grands magasins l'occasion de nous montrer force rossignols
à ces mirifiques expositions pour lesquelles 2,000,000
de provinciaux au moins... quittent leurs lares,
histoire d'acheter une paire de gants de fil ou de
jarretières à élastiques!

C'est enfin aussi pour les territoriaux les treize
jours passés loin de leur ménagère à contempler le
rocher de Saint-Malo, la place Stanislas à Nancy,
les arcades à Bayonne, les Quinconces à Bordeaux,
la Cannebière à Marseille et les femmes partout.

Car au printemps:

> Les femmes, les femmes,
> Il n'y a que ça !

# Iᵉʳ MAI

## Interview d'un manifestant.

Le 1ᵉʳ Mai réunit sur la place de la Concorde une foule de bonshommes dont pas un ne sait ce qu'il vient y faire.

Nous avons jugé utile de demander à l'un d'eux non pas l'explication psychologique de sa conduite, mais simplement le récit de son dernier exploit.

Voici la lettre qu'il nous a envoyée, et à laquelle nous nous ferions scrupule de changer un mot — remettre l'orthographe nous a suffi :

J'ai manifesté !

Oh ! j'ai manifesté !

J'en porte encore les traces.

Le matin, il m'était tombé sous les yeux un article de l'*Intransigeant* appelant tous les citoyens à la place de la Concorde.

J'ai confié la garde de mon fonds d'épicerie à mon premier et principal garçon — je n'en ai qu'un ; — j'ai embrassé tendrement ma grosse boulotte de petite Hortense, ma vraie femme, — j'en ai plusieurs, — je lui ai montré toute la grandeur de mon dévouement, toute la magnanimité de ma conduite :

« Mon devoir de citoyen m'appelle, lui ai-je dit ;
Hortense, tu ne voudrais pas que ton cher petit chat
fût un lâche ! » — Oh ! non, fit-elle entre deux sanglots. — Alors je te quitte, je vais peut-être me
périr, mais je sauverai la socilliété. »

Puis, échappant brusquement à la douce étreinte
qui voulait me retenir, j'enfonçai mon chapeau sur
ma tête, je fourrai à la hâte des pruneaux dans
toutes mes poches, pour me soutenir, je sautai pres-
tement dans la rue et m'enfuis en courant.   .

A quelques mètres de là, j'eus comme le pressen-
timent que je ne devais pas revenir, et, pris d'un
subit attendrissement, je voulus donner un dernier
coup d'œil à cette boutique où j'étais né, où j'avais
vécu, où ma lune de miel s'était écoulée si doucement dans la mélasse et les cornichons.

Je revins sur mes pas, je rasai les murs, furtive-
ment, et m'arrêtai devant ma boutique que je consi-
dérai d'un œil ému. Entre le vermicelle et les bou-
gies, je vis mon excellent commis, derrière le
comptoir, s'efforcer de consoler ma pauvre Hortense
qu'il avait prise sur ses genoux et qu'il faisait sauter
malgré son estimable rondeur.

Tout réconforté par ce spectacle touchant, je
m'éloignai, le front allégé, remerciant de ses bien-
faits le ciel et le bureau de placement qui m'avaient
envoyé un aussi charmant garçon.

Enfin, j'arrive sur la place de la Concorde.

Noire de monde.

Tous les vrais frères s'y étaient donné rendez-vous.

Magnifique exhibition de casquettes pontées aux colossales tournures, de blouses bleues, d'habits en loques, de trognes rouges, que c'en était comme un bouquet de fleurs.

On criait, on piaillait, on hurlait, on chantait. — Je criai, je piaillai, je hurlai, je chantai.

Je me mêlai à un groupe d'énergumènes ; on me fit jurer de prendre le fusil ; je voulus discuter, on me menaça, on me bouscula, on me repoussa comme traître et vendu aux « bourgeois, ces sangsues du pauvre peuple ». Vendu ! moi qui les empoisonne tous les jours !...

Je me dévissai bien vite, je crois même que j'avais reçu quelques atouts.

Quand je fus hors de danger, je me tâtai, et, à mon extrême stupeur, je constatai l'absence de ma montre, de ma chaîne et de mon porte-monnaie...

Je me colloquai philosophiquement trois pruneaux dans chaque bajoue, pour ne pas penser au châti-ment dont ma bien-aimée mais trop vive Hortense ne manquerait pas d'accueillir ma rentrée, quand elle s'apercevrait que ma toquante ne répondait pas à l'appel.

Pauvre toquante! elle venait de mon arrière-grand-père.

Cependant on s'agitait et on avançait sur la place. Je voulus voir.

Je perçai la foule et me mis au premier rang.

Devant moi, spectacle peu varié, les croupes des chevaux des municipaux.

Brusquement, les croupes se retournent, et, patati, patata, voilà tous ces Wisigoths qui tombent sur nous au grand galop!

Je veux fuir, mais ma poche se déchire, et voilà mes pruneaux, mes pauvres pruneaux qui se répandent...

Ne pensant qu'à eux dans ce péril extrême, je me baisse pour les ramasser, quand tout à coup je suis poussé violemment, renversé, et je reçois je ne sais combien de gifles que du haut de son canasson me flanquait un grand diable, du plat de son sabre, sur la partie la plus... charnue de mon individu.

Je me relève quand il a disparu.

Personne autour de moi.

Les copains sont là-bas... là-bas.

Seul, je suis resté, — ma résistance a été un épisode glorieux de cette fuite honteuse.

J'ai rejoint la foule avec rapidité, mais bien dé=

cidé cette fois à ne plus m'exposer au premier rang.

Je m'asseois sur le rebord d'un bassin, et de là je regarde au loin.

Nouvelle débâcle.

Les « tueurs de peuple » ont chargé de nouveau et l'on se sauve de plus belle.

Je suis poussé avec force. Je perds l'équilibre... Je veux me retenir au premier obstacle... Je rencontre quelque chose... Je m'y cramponne... On pousse toujours, et je vais faire une pleine eau dans le bassin, entraînant mon voisin dans ma noyade...

A peine je me relève tout ruisselant, que l'individu qui m'avait accompagné dans mon essor aquatique s'élance sur moi, furieux.

Il me cogne, je riposte, et nous nous flanquons une râclée majeure. Nous roulons trempés, mouillés sur la terre, où nous sommes enfin relevés par les sergots, qui seuls occupent maintenant la place.

On nous envoie au bloc d'où je ne suis sorti que le lendemain matin.

Je suis rentré reprendre le tablier avec un rhume, un procès-verbal et des bleus partout.

J'ai trouvé Hortense et le garçon très fatigués, très émus tous deux.

Je n'ai pas été trop grondé par ma femme.

Ni elle, ni le garçon, m'a-t-elle assuré, n'avaient fermé l'œil de la nuit.

Pauvres enfants !

4

# L'OUVERTURE DE LA PÊCHE

## A LA LIGNE

C'est aujourd'hui le grand matin,
Très tôt, le pêcheur à la ligne
Se lève pensant au fretin
Que dans sa cervelle il aligne...

Depuis longtemps il est sevré,
— Unique plaisir, seule joie, —
De tremper dans l'onde — inspiré,
Le bout de son roseau qui ploie.

Il a rêvé toute la nuit
De captures miraculeuses,
Et ce songe encor le poursuit
De ses visions merveilleuses.

Avant de partir, notre homme a,
— Précaution obligatoire, —
Coiffé d'un large panama
Son front pensif où luit la gloire.

Et, sous le soleil accablant,
Ou sous l'orage qui ruisselle,
Il s'en va, la boîte en fer-blanc
Pendante au bout d'une ficelle.

Pour faire choix du bon endroit,
Quand au bord du fleuve il arrive,
Le pauvre pêcheur aperçoit
Mille collègues sur la rive.

Entre deux, il s'asseoit très mal
Sur la terre au gazon humide,
Il enfile un ver à son pal,
Lance l'instrument homicide...

Implacable, tendant la mort
Au barbillon qui la refuse,
Attendant en vain le « ça mord ! »
Son œil au bouchon se méduse.

Et vers la nuit, avec l'espoir
D'avoir demain bien moins de guigne,
Reviendra, sa boîte en sautoir,
L'obstiné pêcheur à la ligne.

# AU JARDIN DE PARIS

Par ce ciel brûlant où ne bouge
Aucun frais zéphyr, ô brave Oller,
Trop étroit est ton *Moulin Rouge;*
Maintenant il nous faut de l'air.

Il faut les brises alizées
Qui nous rafraîchissent le soir,
Le calme des Champs-Elysées
Où l'on aime à venir s'asseoir

Pour voir bondir les farandoles,
Et fumer sous les frondaisons
Des arbres, pleins de girandoles,
Tout en écoutant des chansons.

. . . . . . . . . .

Ce Paradis sous les grands rouvres
Qu'il nous fallait, tu l'as compris.
Oller, sois béni, toi qui rouvres
Pour nous le *Jardin de Paris.*

# AU CONSERVATOIRE

Tous les ans, au moment de la cueillette des cerises, alors qu'il ferait si bon d'aller rêver sous les grands hêtres, une foule de gens prennent, les uns par devoir et beaucoup d'autres par plaisir, le chemin qui mène à un vaste bâtiment, d'aspect gris et conventuel, sis en bordure de quatre rues, dont celle du Faubourg-Poissonnière. Ce bâtiment où l'on élève à la brochette, aux frais des contribuables, des jeunes hommes et des jeunes femmes en proie au prurit théâtral, est le Conservatoire de musique et de déclamation, appellation que quelques irrévérencieux ont changée en celle de « Conciergeatoire », en raison de l'origine de beaucoup de ses habitants.

Le Conservatoire, comme on le sait, a la prétention de mener à bien les élèves qu'on lui confie : à volonté, il en fait des Massenet ou des Ben-Tayoux, des Duprez ou des Paulus, des Talma ou des figurants au théâtre Montmartre.

Et, comme il est institution officielle, il convie à ses concours de fin d'année, soit comme juges tous ceux qui ont au théâtre une réputation, soit comme témoins ceux qui, par profession, tiennent une plume de critique.

A ces éléments s'en joignent beaucoup d'autres

dans la composition desquels la question artistique n'entre que pour mémoire.

Un statisticien — ces gens sont sans pitié — a calculé que ce public spécial présentait, à l'analyse du laboratoire non municipal, les extraits suivants :

| | |
|---|---|
| 40 | parents de concurrents. |
| 30 | amis et fournisseurs des concurrents. |
| 16 | vieux protecteurs des arts, quand *elles* sont jolies. |
| 3 | femmes du monde. |
| 2.50 | gens de lettres, auteurs dramatiques, etc. |
| 12 | artistes dramatiques. |
| 5 | directeurs ou secrétaires de théâtre. |
| 1.50 | critiques dramatiques ou musicaux. |
| 100 » | |

Pour n'être pas très compétent, ce public n'en est pas moins bruyant et autoritaire. Il applaudit frénétiquement si le concurrent lui plaît et il lui tourne le dos si c'est le contraire, sans souci de rien, ni du mérite personnel, ni des efforts faits, ni du sexe, ni de l'âge.

Bien plus, il n'hésite pas à conspuer le jury lorsque la proclamation des prix ne répond pas à ses désirs.

On a vu à ce sujet des scènes inénarrables, entre autres celles où M. Ambroise Thomas, las de sonner et d'imposer silence, prit enfin le parti héroïque de remettre la séance.

M. Ambroise Thomas, dont je viens d'écrire le

nom, est, en qualité de directeur du Conservatoire,
président-né des concours. A chaque séance, il est
là, juché dans une loge de face, ayant à ses côtés,
comme assesseurs, MM. Massenet, Gounod, Pala-
dilhe, les directeurs et les chanteurs des théâtres
subventionnés, des artistes renommés tels que
MM. Marsick, Gillet, Taffanel, — ceci lorsqu'il
s'agit d'un concours musical ; — ou pour la tragédie
et la comédie, de MM. Dumas, Halévy, C. Doucet,
Claretie, Mounet-Sully, etc.

M. Réty, secrétaire de la maison, garde ses fonctions dans le jury.

Et pendant dix jours défilent tour à tour les élèves
d'opéra et d'opéra comique, de tragédie et de comédie, des classes de flûte, de hautbois, de piano, de
violon, de trombone, de cornet à piston — toute la
salade qui se sert au théâtre, devant ou sur la
scène.

Quelques-unes de ces journées font l'objet de
véritables steeple-chases pour obtenir une place.
Parmi elles, celle de la tragédie-comédie a la
pomme.

Dès cinq heures du matin, des centaines de personnes font queue à la porte, tout comme au 14 Juillet devant la Comédie-Française. Lorsqu'à dix
heures elles pénètrent dans la petite salle gréco-
romaine, elles la trouvent déjà bondée à tous les
étages par la foule détaillée plus haut. Six cents
spectateurs peuvent y tenir en temps normal; ce
jour-là il y en a deux mille.

Aussi je laisse à juger le brouhaha qui se produit:

tout le monde a chaud, tous sont horriblement serrés, mais qu'importe. Bravement chacun tire son crayon et note sur le programme ses impressions. Et ce sont des cris, des appels, des rappels, des applaudissements, des murmures et... des senteurs à rendre sourd et insipide même les mieux trempés.

Sur l'estrade l'élève est là, en habit noir si c'est un homme, en robe claire et élégante si c'est une femme, qui débite sa scène, avec plus ou moins de conviction, avec plus et souvent moins de talent.

Puis, lorsque tous les tours sont épuisés, le jury va délibérer. Et alors que de potins, que de prévisions!... Un coup de sonnette... Tout le monde est haletant, élèves et spectateurs...

— Appelez monsieur un tel, dit le président.

Et le brave Lescot, chargé du service de la scène, va chercher l'heureux lauréat qui, tout ému, vient recevoir les applaudissements du public.

Dans la coulisse, à ce moment, se passent toujours des scènes lamentables : le candidat évincé se désespère ; et s'il appartient au sexe qui nous a donné Mme Judic, il y a crise de nerfs et déluge de larmes...

Voilà donc le lauréat sacré artiste... Quelquefois l'Opéra ou l'un des trois autres théâtres subventionnés l'engage. Il y paraît deux ou trois fois et prend ensuite le chemin de Rouen ou de Montélimar, dont les théâtres réclament des pensionnaires... A une exception près, tel est en effet le sort du « couronné »,

— Mais, me direz-vous, puisque ces élèves sont récompensés, c'est qu'ils sont jugés dignes d'entrer au théâtre, et dans ce cas, ils n'ont que de la malechance...

Hélas ! s'il n'y avait que cela ! Mais la plupart sortent du Conservatoire comme lorsqu'ils y sont entrés, ne sachant rien et même ayant gâté leurs bonnes dispositions.

— Alors, reprendrez-vous, c'est que l'enseignement du Conservatoire est défectueux.

— Parbleu ! Il y a vingt ans qu'on en est sûr, et ce n'est pas dans vingt ans encore qu'il sera changé.

# CE QUE L'ON VOIT

# SUR LES BOULEVARDS

## au mois d'août

On voit des forts en thème, lauréats du grand concours, pleins d'illusions et rêvant places et honneurs dans un temps prochain. Papa marche derrière et dans son scepticisme il songe à faire de son *primé* un négociant en soieries pendant que maman a des aspirations plus élevées : avocat, magistrat, peut-être ministre, tel est l'avenir qu'elle réserve à son aîné.

On voit des élèves du Conservatoire encore tout émus des lauriers qu'ils viennent de remporter rue Bergère. Celui-ci se voit à la Comédie-Française dans les Delaunay, celle-là dans les Carvalho à l'Opéra-Comique. Il faudra en rabattre.

On voit des cochers polis qui vous offrent moyennant quinze francs une victoria pendant toute la journée, alors qu'ils vous réclamaient quatre-vingts francs pendant le joli mois de mai ainsi nommé parce que généralement il est froid et pluvieux.

On voit des garçons de salle qui arrosent le trottoir ; mais, hélas ! la terrasse des cafés est vide, et sauf quelques journalistes au Madrid, quelques courtiers en diamants au Suède et des *artistes* en disponibilité à la *Chartreuse*, personne, personne, personne.

On voit Marguery allant de son restaurant en verre à la terrasse du Gymnase transformée en jardin aérien et suspendu, où l'on mange ces filets de sole qui l'ont plusieurs fois *millionnarisé*.

On voit des *cooks* vides se rendant aux courses de banlieue, le postillon voudrait bien s'arrêter à la brasserie, le conducteur lui crie : Marche, et s'égosille en vain pour attirer des turfistes de bonne volonté.

On voit des cocottes de onzième catégorie qui vous font de l'œil, mais non l'œil. Leurs associés ou plutôt leurs commanditaires assis sur des chaises assistent à leurs grandes manœuvres et constatent avec mélancolie que le métier ne rend pas.

On voit les hommes-réclames qui, se promenant à la queue leu leu, portent sur le devant et le derrière de leur personne une immense pancarte sur laquelle flamboie une affiche balnéaire quelconque. Plus besoin de complet alors !

On voit à travers les informes voitures du *Old England* circuler des vélocipèdes, les uns militaires, les autres civils.

On voit tous les nouveaux officiers d'Académie étalant à leur boutonnière un ruban frais et violet.

On voit au balcon des clubs quelques vieux habitués attendant l'heure de faire un « chemin de fer » On n'y déraille pas, mais on peut y perdre autant qu'à la taille.

On voit s'étaler sur les colonnes Morris les por-

traits des étoiles des concerts des Champs-Élysées.
Elles seules représentent en ce moment à Paris
l'art dramatique et chorégraphique.

. On voit les étudiants qui vont en province se
retremper de leurs fatigues de Bullier et de la
brasserie, les écoliers qui partent en vacances —
gare aux cousines ! — et les interprètes devant le
Grand-Hôtel ne sachant à qui offrir leurs services.

On voit des poseurs traverser le boulevard du
plus loin qu'ils vous aperçoivent. Ils sont furieux
d'être vus à Paris quand il est *pschutt* d'être au
diable Vauvert.

On voit des vagabonds que la police laisse tranquillement dormir sur les bancs. Parmi eux on reconnaît d'anciens danseurs attitrés de bals publics,
actuellement sur le pavé. Plus de jambes en l'air !

· On voit des impériales d'omnibus surchargées et
les intérieurs vides, des voitures qui emmènent des
voyageurs aux gares de chemins de fer, des chiens
qui tirent la langue, des buveurs altérés qui font
queue autour d'une Wallace, des petites ouvrières
tentées de planter là l'atelier pour aller dans le bois
de Meudon, des apprentis qui jouent au bouchon,
des mendiants se grattant, des provinciaux, des
étrangers le nez en l'air, le plan de la capitale sous
le bras...

Ah ! que Paris est gai, dans le brûlant mois d'août !

# IL N'Y A PERSONNE A PARIS !

« Il n'y a plus personne à Paris », telle est la
phrase que l'on peut lire tous les ans à cette époque
dans les journaux du *high life*. Eh bien ! je m'inscris
en faux contre ce bruit que font courir les propriétaires ayant des maisons de campagne à louer aux
environs de Paris, ou les hôteliers de Normandie
experts en l'art d'écorcher les voyageurs. Il est certain que depuis quelques années les plus petits négo-
ciants, les chefs de bureau ou leurs employés, les
gens de la haute et de la petite banque se croiraient
déshonorés s'ils n'allaient pas, dès le 1ᵉʳ mai,
honorer de leur présence le lac d'Enghien, les bois
de Ville-d'Avray, les rives de Chatou ou la plaine de
Saint-Denis. Ils ne jouissent pas de la campagne
puisqu'ils la quittent le matin, et n'y retournent
qu'à six heures du soir, avec la préoccupation cons-
tante de ne pas rater le train. Mais c'est *vlan* de
fermer ses volets et de dire à ses amis et connais-
sances : « En été, le séjour de Paris est insuppor-
table, aussi j'habite Pantin ou Asnières, l'air y est
pur et saturé d'odeurs exquises. » Autant je comprends
les voyages lointains, pour étudier les mœurs des
autres et se repaître les yeux de « sites enchan-
teurs », autant je trouve ridicule cette mode absurde
d'aller pendant quatre mois faire la navette entre
Paris et la grande banlieue, uniquement pour avoir

le plaisir de se promener, en chapeau de paille et en vareuse, dans un jardinet de quatre mètres carrés, et dans une bourgade où tout coûte le double qu'à Paris.

Mais, que voulez-vous ! *Il n'y a personne à Paris.*

*Il n'y a personne à Paris !*

Allez à l'*Opéra*, aux *Français*, à l'*Opéra-Comique !* Vous n'y trouverez pas une place.

*Il n'y a personne à Paris !*

Voyez les gares des chemins de fer le dimanche de sept à dix heures du matin.

Allez à l'Exposition alimentaire (par Monselet ! ne vous livrez pas à la moindre dégustation).

Tâchez de trouver une place dans un tramway pour aller au Jardin d'acclimatation ou au Jardin des Plantes.

Essayez de pénétrer au musée du Louvre sans faire queue pendant quinze minutes.

Jetez-vous à deux genoux aux pieds de Ledoyen pour avoir une table sur sa terrasse. Il vous répondra : « Dans deux heures. »

Imitez cette pantomime infructueuse devant Ducarre !

Dites-moi si les breaks qui conduisent les touristes anglais en bandes à Saint-Cloud ou à Saint-Germain ne sont pas retenus huit jours d'avance ?

Prouvez-moi que les cochers de grande remise stationnant devant le Grand-Hôtel ne vous demandent pas deux louis pour vous faire faire la promenade du Bois.

Demandez à Oller le bordereau de ses recettes.

Voyez si les **28,983** brasseries qui désaltèrent nos gosiers ne sont pas bondées.

Mais non, il est consacré qu'il n'y a personne à Paris!...

*(Réponse du berger à la bergère du chapitre précédent.)*

# OUVERTURE DE CHASSE

Taïaut, taïaut. C'est la grande semaine.

Par décision de M. le Préfet de police, la chasse est ouverte dans le département de la Seine.

Le dernier lièvre de la plaine Saint-Denis n'a qu'à bien se tenir.

Oh ! ce lièvre.

Depuis que — soyons poétique — sous les rayons du soleil printanier le triste hiver a fui dans son morne cortège d'antans glacials, de neiges aux dégels pleureurs et noirâtres ; depuis que sous l'azur infini du ciel les moissons, d'abord herbe verte, ont déroulé l'or merveilleux de leurs blonds épis — il n'en est pas un, des Nemrods innombrables que Paris cache pendant huit mois de l'année pour les exhiber les quatre autres, qui n'ait eu au fond de l'alcôve conjugale, sous le ciel de lit où la lune de miel a roussi peu à peu, la vision très nette, très aiguë, de ce lièvre fatidique recevant de flanc les deux coups du Lefaucheux, et dans un dernier bond allant rouler à quelques pas, montrant entre les quatre pattes en l'air les touffes blanches de son poil...

Que savons-nous? Qui donc connaît le fond des choses?

a dit Victor Hugo. L'âme humaine dans ses mystérieux replis est étrange à force d'être insondable, à

moins qu'elle ne soit insondable à force d'être
étrange.

Choisissez.

Comment s'expliquer, en effet, que c'est juste-
ment au fond des natures les plus calmes, les plus
rassises, les plus figées, que germent avec plus de
force les idées sanguinaires ? Ce sont les paisibles
bonnetiers, les placides marchands de mercerie, fils,
boutons, rubans, les tranquilles boutiquiers, qui
vont leur train-train journalier avec la passivité du
bœuf à la charrue, qui, lorsque vient septembre,
coiffent leur bonne grosse caboche de la casquette
obligatoire, ceinturent leur bedon d'une sous-ven-
trière à multiples compartiments pour les car-
touches, enferment leurs mollets, gras de l'oisiveté
des comptoirs, dans des guêtres jaunâtres, et avec
l'invincible ardeur des renouveaux, décrochent l'instrument meurtrier qui dort depuis si longtemps
entre deux vieilles baïonnettes de garde national
dans la panoplie de la salle à manger.

Ce sont eux, ces gens de mœurs si douces, dans
le cerveau desquels les nombreuses opérations du
*doit et avoir* semble étouffer toute velléité d'idées
belliqueuses, qui tout d'un coup se sentent animés
des pires désirs de carnage et de tuerie.

— Pif! paf! pouf!

Et empoignant son mètre, laissant là le coupon
d'étoffe ou le rouleau de ruban, notre brave disciple
de saint Hubert l'épaule, et suit au plafond enfumé
de la boutique le vol imaginaire d'une compagnie
de perdreaux, qui ne l'est pas moins.

— Tiens, bobonne, quel beau coup double j'aurais
fait !

Et madame, assise à la caisse, laisse tomber sur
son grand livre la dentelle dans laquelle son crochet
fourrage.

— Oui, mon chéri.

Et elle reste ainsi un moment immobile, les yeux
au ciel baignés d'une extase langoureuse, avec aux
lèvres un demi-sourire infini de douceur...

C'est que, si monsieur compte avec impatience les
jours qui le séparent de l'époque bienheureuse, madame, elle, non moins anxieusement compte les
nuits.

La chasse, c'est le mari au diable vauvert, arpen-
tant les plaines sous le soleil de plomb qui le grille, ou
pataugeant dans la boue sous la pluie qui l'inonde et
qui emplit ses poches.

La chasse, c'est la femme libre au logis, n'ayant
plus à rendre compte à son légitime seigneur des
moindres minutes de sa journée, des moindres se-
condes de ses minutes.

La chasse, c'est la porte grande ouverte à l'amant,
cette partie intégrante de tous les ménages, et c'est
cette fois la certitude absolue de n'être pas dérangé
au meilleur moment des causeries aimables.

La chasse, c'est la soupape de sûreté grâce aux
échappements de laquelle se supporte l'ordinaire
pot-au-feu du menu conjugal, — c'est la sécurité
parfaite des amours illégitimes.

Et quand, dès l'aube, par le premier train mati-
nal, monsieur gaillardement s'en ira fusil à l'épaule,

la carnassière battant les mollets guêtrés, vers les campagnes giboyeuses ou réputées telles, madame sautera lestement du lit, et, pieds nus dans sa chemise de fine batiste, ira entr'ouvrir la porte doucement à l'*Autre*.

Dans la rosée emperlant les luzernes, monsieur, le cou tendu, l'œil aux aguets, le fusil en avant, marchera des kilomètres et des kilomètres, ému au moindre froissement des herbes sous le vent — et dans les draps blancs douillettement au chaud, madame et l'*Autre* souriront aux anges, un seul oreiller fait de blonds cheveux dénoués pour leurs deux têtes...

Pendant que monsieur, le cœur serré d'une angoisse extrême, sur un méchant cailleteau envolé bien loin tirera ses deux coups, madame et l'*Autre*... oui, n'est-ce pas?...

Monsieur, à grands pas à travers la campagne ensoleillée enjambera une à une les pièces de terre, après les labours les trèfles, après les chaumes les betteraves, après les pâturages les ronces; il traversera des bois, enfoncera dans les marécages... et madame et l'*Autre*, sans changer de place, découvriront à leur tour des horizons infinis et merveilleux...

Vers midi, monsieur, fourbu, tombera au pied d'un arbre, tirera de son carnier un morceau de pain et un saucisson, et dans ce frugal repas puisera la vigueur nécessaire pour reprendre sa course à travers champs.

Madame et l'*Autre*, à cette même heure, répare-

ront leurs forces dans un petit déjeuner fin où ils
mordront au même morceau, boiront au même verre,
mettront les bouchées simples et les baisers doubles...

Las de n'avoir rien tué, monsieur, désespéré, son-
gera à reprendre le chemin du logis — heureux
encore s'il a échappé aux multiples contraventions
qui guettent le chasseur que l'ardeur entraîne dans
les propriétés particulières. Et pour ne pas rentrer
bredouille, en débarquant gare Saint-Lazare, il fera
l'emplette, pour un louis — car c'est très cher les
jours d'ouverture, — d'un lièvre superbe qu'il rap-
portera dans son carnier gonflé.

Et madame et l'*Autre*, non moins fourbus, non
moins éreintés, l'accueilleront avec des transports
d'enthousiasme pour son adresse et sa chance, bien
qu'ils aient reconnu en l'animal exibé de la carnassière — un énorme lièvre d'Allemagne, et qu'au cou
de ce dernier se distinguent des traces non équi-
voques de strangulation par lacet.

Et monsieur, le prenant par les pattes, se tournant
vers l'*Autre*, son ami intime, naturellement, avec un
accent indicible de triomphale fierté : « Hein? est-il
assez beau, il pèse au moins vingt livres ! Et cet im-
bécile qui ne chasse pas! »

Et l'*Autre*, sans répondre, sourit en pensant que
si ses chasses sont aussi fatigantes elles sont certes
plus agréables, faites sur un terrain réservé, où il
pourra à son gré acclimater le lapin.

— Et tu viendras manger le civet demain et le
rable après-demain. Ah! tu ne chasses pas. Je t'en
ferai avaler, moi, du gibier, petit!

Et tous trois iront s'asseoir devant le potage fumant, à la table ronde, où les pieds chercheront les pieds, où les jambes s'enlaceront aux jambes, tandis que monsieur étirera ses mollets fatigués.

Et moi, philosophe, songeant aux effets de la chasse dans les ménages bien unis, je me dis qu'il est tout naturel, puisqu'elle a eu primitivement pour but la destruction des dix-cors, qu'elle contribue d'autre part au repeuplement des bêtes à cornes.

# PARIS HORS PARIS

# AVIS AUX LECTEURS

Ce qui caractérise aujourd'hui le vrai Parisien, c'est précisément ce fait assez étrange qu'il ne reste jamais à Paris.

L'été, il est au bord de la mer, se baigne à Trouville, se promène à Etretat, se repose à Cabourg, joue à Aix, ou excursionne à Luchon.

L'hiver, il est à Nice, — au printemps aussi, — quand nous disons au printemps, tout le monde sait bien qu'il n'y en a plus...

L'automne, il chasse et mène la vie de château, vie mixte, entremêlée de journées passées en longues causeries et de soirées écoulées patiemment à l'affût, de joyeuses sauteries au piano et de retentissants hallalis dans lesquels le cor jette aux échos ses éclatantes sonneries.

Mais le Parisien qui s'en va emporte à la semelle de ses fines bottines l'asphalte boulevardier.

Il a beau fuir le Boulevard, le Boulevard le suit. La promenade des Anglais à Nice, l'allée ombragée du Grand-Port à Aix, les allées d'Etigny à Luchon, la promenade sur les planches à Trouville, ne son que le prolongement naturel du boulevard des Capucines.

Les auteurs se permettront donc d'y mener leurs bienveillants lecteurs.

# VIVENT LES VOYAGES!

*Tout le monde part, tout le monde est parti.* Tel est le cliché que l'on peut lire tous les ans à pareille époque dans les journaux du *high* et même du *little life*. Vous seriez, en effet, perdu de réputation aux yeux de votre boucher ou de votre épicier, et surtout de votre concierge, si vous ne suiviez pas la mode, car, à partir de juillet, Paris n'est plus qu'une fournaise, qu'un « désert! » Que diraient vos amis s'ils vous voyaient attablé le soir devant une terrasse de café, alors que les camelots vous offrent le journal avec les dernières nouvelles? Il est vrai que si vos amis sont partis, ils ne vous rencontreront pas, et s'ils vous rencontrent... vous savez le reste, c'est du la Palisse tout pur!

Autrefois, on pouvait encore se distraire le soir; mais aujourd'hui, je ne pense pas que ce soit le comble de la félicité que d'aller aux *Ambassadeurs* entendre hurler ces demoiselles, avec accompagnement de grosse caisse ou de petite flûte, ou au *Cirque* voir toujours le même dresseur présenter un cheval en liberté.

Aussi faut-il rompre avec ses habitudes, renoncer à faire le tour du lac, après s'être au préalable colleté avec une dizaine de cochers, abandonner son *at home,* ses livres, son appartement petit mais coquet, son restaurant favori, et devenir un colis

animé, un être à part que se disputeront les hôteliers, les guides, les portefaix, les bateliers et les
conducteurs de carrioles.

Donc, on a entassé ses vêtements et son linge
dans des malles aussi difficiles à fermer qu'à ouvrir;
il faut les faire porter à la gare, et voilà où le supplice commence. Une demi-heure se passe avant de
trouver un cocher qui consente à vous mener à la
gare de Lyon ou d'Orléans. Prenant des chemins
impossibles, il vous conduit à l'embarcadère, cinq
minutes avant la fermeture des bureaux. Vous perdez
la tête et votre couverture en allant à un guichet
qui n'est pas celui où se délivre votre ticket. A
peine avez-vous le temps de faire enregistrer vos
bagages qu'on vous crie : « En wagon! » Vous avez
oublié une masse de choses, n'importe, il faut grimper dans votre compartiment. Votre bonne, ou plutôt
votre mauvaise étoile vous fait avoir un coin. Tout
le long de la route vous serez aveuglé par le soleil
ou vous recevrez dans l'œil des grains de poussière
qui vous gêneront et vous feront pleurer comme une
fontaine Wallace. Impossible de fumer; il y a à côté
de vous une vieille femme qui tousse. Vous ne comprenez rien au roman que vous lisez ; les caractères
étant trop fins dansent devant vous, et votre voisin,
— un ancien juge, — vous trouble par ses ronfle-
ments sonores. Au buffet vous croyez pouvoir vous
sustenter? Erreur profonde! Votre indicateur marque une demi-heure d'arrêt; mais le train est en
retard et il vous faut, en un quart d'heure, avaler
un bouillon brûlant ou vous escrimer avec un beef-

teak récalcitrant. D'où une barre sur l'estomac aussitôt que vous « fendez l'espace ». A la station suivante, si vous voulez accomplir l'acte aussi naturaliste qu'indispensable, vous n'avez que deux ou trois minutes...

Allez donc faire œuvre convenable durant ce laps de temps !

Enfin, vous arrivez à destination moulu, affamé, sale, couvert de poussière et mijotant une migraine atroce. On ne retrouve qu'une partie de vos bagages. Au bout d'une demi-heure vous êtes en possession de vos colis qu'on dirigeait sur un autre embranchement, bien heureux de ne pas être obligé d'acheter des vêtements qui coûtent cher, mais en revanche ne valant rien et démodés. Vous faites dix hôtels ; ils sont tous pleins. Vous finissez par en trouver un ayant vue sur la plage ou sur la montagne — gare la note ! — à moins que vous ne consentiez à prendre un appartement sur la cour, ce qui vous donnera droit à toutes les senteurs de la cuisine.

Vous vous restaurez tant bien que mal — plutôt mal que bien — et vous espérez qu'un sommeil réparateur vous fera oublier tous vos maux. Hélas ! Les voyageurs qui arrivent, ceux qui partent, les enfants qui crient, les malles qui heurtent l'escalier, un va et vient incessant, les moustiques, le soleil, la lune, l'orage, le vent, autant de bourreaux qui vous infligeront le supplice de l'insomnie.

Enfin, après une mauvaise nuit qui ne passe jamais vite, malgré le proverbe, vous vous levez. Une pancarte frappe vos yeux. Si vous ne prenez pas vos repas à l'hôtel, votre chambre coûtera trois fois plus. Adieu votre liberté. Il vous faut manger à des heures indues, à côté de gens qui vous éplucheront. Votre femme est jeune et jolie (parbleu !), les vieux la lorgneront, les gommeux lui feront des signes et les femmes la critiqueront. Au Casino, vous entendrez un orchestre animé d'excellentes intentions, mais plein de fausses notes. Au cabinet de lecture vos journaux préférés seront en main. Vous perdrez aux « petits chevaux ». Au bain, vous attendrez une heure une cabine. Pour une excursion, il vous faudra batailler avec les cochers tout comme à Paris. Et les mendiants qui viendront vous assaillir, et ceci, et cela...

Et voilà pourquoi chaque année cent mille Parisiens bouclent leur valise et s'éparpillent, par nos cinq grands réseaux ferrés, au quatre coins de la France.

## NICE

Il en est du carnaval de Nice comme du bal de l'Opéra. Tous les ans on se dit : J'en ai assez de ces nuits de plaisir où l'on avale de la poussière, où l'on absorbe à la buvette des rafraîchissements très mauvais pour l'estomac mais, en revanche, qui coûtent très cher, où l'on est poussé et bousculé par des gens en délire et intrigué par des femmes qui ne sont pas du monde, mais habituées de l'Américain et qui vous appellent *muffe* quand on leur demande d'être aimé pour soi-même ; où l'on voit son garçon épicier ou un apprenti menuisier déguisés en clown ou en pierrot et qui sont chargés d'animer la fête, où enfin on attrape la migraine ou mal aux cheveux. On se dit tout cela et bien autre chose, et sitôt que les affiches annoncent l'ouverture des bals masqués, on retourne *presto* là où l'on a juré de ne plus mettre les pieds.

A Nice, c'est la même chanson. Quand on a assisté à ces saturnales des jours gras, on se dit : C'est assez d'avoir reçu des *confetti* l'année dernière et d'avoir eu l'œil en compote pendant huit jours, d'avoir été bombardé de fleurs fanées et de feuilles de choux, d'avoir été écorché à l'hôtel et au restaurant, d'avoir passé des nuits sans sommeil, d'avoir pataugé dans la marmelade crayeuse de Nice, d'avoir eu le visage cinglé par la brise mistralienne, si je puis employer cet adjectif énergique, d'avoir été aveuglé par le soleil dans la journée ou enrhumé par les changements de température qui s'opèrent du matin au soir.

Eh bien, rien n'y fait ; et bien qu'on ait assisté en sept ans au carnaval-Inondation, au carnaval-Choléra, au carnaval-Incendie, au carnaval-Déraillement, au carnaval Tremblement de terre, au carnaval des Parapluies, au carnaval de la Gelée, on repart pour Nice, laissant les journalistes ergoter sur le traité austro-allemand et les boursiers patauger sur le Hongrois, le Rio ou la Rente italienne.

C'est si bon de se promener en veston d'alpaga, en plein janvier, lisant avec volupté les dernières catastrophes que causèrent les neiges et les glaces...

C'est si bon d'assister aux courses de chevaux et aux régates, en recevant des dépêches donnant le résultat des courses de traîneaux et de patineurs...

C'est si bon de tirer des pigeons dans l'azur, à cinquante mètres, alors que les amis laissés là-bas ne peuvent distinguer à trente pas un omnibus d'un facteur rural !

C'est si bon de faire sauter la banque pendant que les bons copains parisiens se font décaver au vulgaire et maussade baccarat.

C'est si bon de voir autour de soi les orangers montrer leurs fruits dorés, les eucalyptus dresser leur tête superbe et les palmiers charmer joyeusement la vue, tandis que le givre recouvre les trottoirs parisiens, que les passants ressemblent à des marmottes, et que les bises sont froides comme une ingénue de l'Odéon.

Quand le carnaval fait à Nice son entrée officielle et solennelle, en quelques heures la ville, qui paraissait endormie, change d'aspect. Les balcons des maisons s'ornent comme par enchantement ; les voitures disparaissent sous des draperies multicolores. Les cochers se déguisent en singes, le garçon de votre hôtel vous sert en pierrot, et votre perruquier vous fait la barbe en... Figaro. L'oreille est assourdie par les vendeurs de programmes et de confetti — des *bonbons*.

Les trains de plaisir arrivent de toutes parts, la circulation devient difficile. — Les cochers font leur tête.

La première journée, dès dix heures du matin, le canon tonne au château.

Les cortèges commencent à se former. En un clin d'œil les marchands sortent de leur arrière-boutique dominos, pierrots, masques, perruques, faux nez, tout le tremblement, quoi ! Ah ! pardon, ne prononçons jamais ce mot qui évoque de si tristes souvenirs. Toute la journée, on ne voit passer que garçons ou demoiselles de magasin chargés de costumes. Albert, le coiffeur de ces dames, est sur les dents... de son peigne.— Ohé ! ohé ! les autres, foin de la tristesse et vive le carnaval !

Le soir, à neuf heures, le Carnaval fait une brillante entrée en descendant l'avenue de la Gare, escorté de toutes les musiques, de porteurs de torches, de masques innombrables, et accompagné d'une foule immense. Le lendemain, le premier défilé a lieu avenue de la Gare, place Masséna et rue Saint-François-de-Paule. Les masques sortent de dessous terre, les cavalcades et ânalcades s'organisent, les groupes bariolés succèdent aux masques isolés: c'est une bacchanale échevelée, du délire, des chants et des danses folles autour des kiosques musicaux. Les chars descendent majestueusement, acclamés par la foule.

L'aspect est vraiment féerique et tous, riches ou
pauvres, petits et grands, ont endossé le domino classique qui a fini par faire défaut dans les boutiques.
Cette foule bariolée, avec tous ces dominos de couleurs voyantes, tournoyant autour des chars, dansant
de folles farandoles, tout ce bruit vous donne le
vertige. C'est un délire qui gagne tout le monde, et
l'on revient à son hôtel moulu, harassé, le corps
criblé de confetti, mais en esquissant encore des
rondes bizarres sur la voie publique.

Les *Veglione* au théâtre Municipal et au Casino
sont non moins pittoresques. Que de danseurs, que
« d'habits noirs » surmontés de têtes grotesques,
quels cris, quelle cohue, et quel assemblage de millionnaires, de rastaquouères, d'Anglais, de Russes,
d'Américains, de Grecs ! Tout le monde danse, jeunes ou vieux, tout le monde boit, tout le monde
crie... et c'est ainsi pendant huit jours. Maintenant,
si vous voulez un léger aperçu des intrigues qui se
nouent dans la salle ou dans le foyer, en voici un
échantillon : Tiens, tu es Léon, le chapelier ! Très
jolis tes petits bouquets garnis d'un petit chapeau
que tu n'as cessé de lancer tantôt à la bataille...
Tiens, te voilà mon cher X.... tu es toujours journaliste?

— Dis donc, ta femme te trompe ! — Ohé ! t'en-
graisses ! — Et voilà... mais en voyage il faut se

contenter de peu, affirme un domino mystérieux en
quête d'une position. Il paraît qu'il y a beaucoup de
ces dames qui, à la suite d'une martingale à rebours,
sont en quête d'une position sérieuse ou non. Cela
ne se voit pas seulement à Nice.

Nuits « d'orgie » où l'on voit le mari danser avec
sa femme, et les hommes s'intriguer réciproquement
en dissimulant leur figure sous un masque grotesque.
O bals d'il y a cinq ou six ans, où Mary Albert nous
apparaissait en violettes, Théo en domino mystérieux, Granier haranguant la foule du haut de sa
loge, Heilbron et vingt autres reines de théâtre et de
la mode, qu'êtes-vous devenus?

Parler de la bataille de fleurs à Nice est superflu.
Tout le *boulevard* la connaît, puisque tout le boulevard y assiste et prend sa place dans les rangs des
combattants.

Dans les cafés de la Victoire, de la Renaissance
ou de la Régence, pendant que les Niçois jouent à
la manille, des Compagnies italiennes jouent du
Verdi, du Donizetti ou du Suppé. La mandoline fait
rage, la harpe pleure, le violoncelle gémit, et le violon exhale une plainte en *si bémol*. A Garden-House,
un théâtre Guignol, dans lequel chantent et se tré-

moussent trois virtuoses, dont une blonde très
agréable, le tout se terminant par des ombres chi-
noises, à l'instar de celles du Chat Noir. Le seul
inconvénient, c'est que pendant que vous écoutez
ou que vous regardez, la côte de bœuf refroidit. A
London-House, les déjeuners en musique sont très
suivis. On y retrouve les fidèles d'Aix-les-Bains faisant des razzias de caviar.

La Jetée-Promenade, avec son brillant orchestre
dirigé par Bourdeau, ses déjeuners et ses dîners
pendant lesquels on entend les fameux Roumains de
l'Exposition, ses salons de jeu, son cabinet de lecture, ses dépendances luxueuses, ses représentations
théâtrales, ses concerts, ses bals d'enfants, ses multiples attractions, est adoptée par le *high life*. C'est
le rendez-vous des sommités littéraires, artistiques,
des mondains et des richissimes étrangers de la
colonie.

Que ne voit-on pas encore à Nice, terre bénie ou
les pierrots mènent une vie de polichinelle !

## MONACO

De Nice, le voyage à Monaco s'impose. Par une
belle journée ensoleillée, on part en voiture découverte, en longeant la route, taillée dans le roc et
serpentant tout le long de la mer. C'est une promenade féerique : on domine le pays, on jouit des points
de vue les plus pittoresques, ayant le chemin de fer
tantôt au-dessus de la tête, tantôt à ses pieds. On
contemple les jolies montagnes des Alpes, et l'on

rencontre parfois la fameuse bergère qui inspira d'Ennery.

On traverse Beaulieu, où deux cents villas s'élèvent par année, comme à Eze, qui jadis, avec ses rochers inaccessibles, servait de repaire aux forbans de la mer.

Les terrains qui valaient cinquante centimes le mètre y sont cotés aujourd'hui deux cents et trois cents francs.

Le siècle est beau pour les architectes !

Aussi est-ce eux qu'on rencontre tout d'abord à Monaco en la personne de MM. Garnier et Charpentier.

De la Salle, je ne vous dirai rien, ayant juré de n'y plus mettre les pieds, et me contentant d'aller fumer une cigarette dans l'Atrium pour voir la tête des perdants. Voilà qui vous rend philosophe, mais qui ne vous guérit pas de la passion du jeu.

Dans les cafés qui avoisinent l'antre détesté et adoré, on ne voit que joueurs réduits aux abois, engageant leur montre ou souscrivant des billets aux usuriers qui y siègent en permanence. Pour les femmes, c'est encore pis.

Ne pouvant plus rien retirer de leur capital... elles engagent bijoux, bracelets, fourrures, elles jouent jusqu'à la dernière minute ; elles perdraient jusqu'à leur chemise, ce qui, pour quelques-unes, serait peut-être le moyen de tout regagner. Et pendant ce temps-là, le rateau râtisse et râtisse toujours, à la grande joie des actionnaires, qui s'engraissent des dépouilles des joueurs cosmopolites, dont quelques-uns se font sauter la cervelle au beurre noir.

Que de gens sont gais au départ et forment des projets riants, qui reviennent tristement à Nice, la tête basse, dans le train du soir. On n'y entend guère que des regrets et des imprécations contre ce rocher qui s'étale orgueilleusement sur les bords de cette mer azurée. On trouve de la place à Nice, on n'en trouve pas à Monaco, tellement le démon du jeu y attire, comme une araignée dans sa toile, les pontes de tous les pays.

## DEUX PLAGES PARISIENNES

### Boulogne-sur-Mer. — Trouville.

Boulogne d'abord, plage anglo-française.

Un peu noyé par l'invasion des enfants d'Albion, l'élément français y fait cependant bonne figure, mais les horizontales de toutes marques préfèrent la Normandie, ce qui n'est pas un mal. Et pourtant le tir aux pigeons, sous la direction de M. Blondin, est très couru.

Les soirées théâtrales sont fort suivies également.

Les bals d'enfants sont une des plus grandes distractions. Tous ces babies dansant, courant, roulant, tombant avec des cris de joie, sous les yeux de leurs mamans et de leurs nourrices, valent mieux que le spectacle des joueurs aux *petits chevaux*, lesquels — les malheureux ! — paraissent bien essoufflés, de par l'autorité de l'austère M. Levaillant. On a supprimé

5

la *Mascotte*; quel mal cela faisait-il ? Avec cela qu'il y en a tant en France !

On voit le dimanche, aux bals champêtres donnés dans les jardins du Casino, de jolis types de Boulonnaises, aux pendeloques dorées et au large bonnet formant « soleil ». Il y a, parmi ces filles et ces femmes de pêcheurs, des figures empreintes d'une beauté toute particulière. A la marée basse, les pêcheuses de crevettes se font remarquer par leurs jambes nerveuses et leurs poitrines rebondies. C'est beau, la nature !

Il faut aller au Portel, ce village exclusivement formé de pêcheurs et situé en quelque sorte sur une citadelle. La route est très pittoresque et les maisons d'une propreté à rendre jaloux les Belges et les Hollandais. On dirait qu'une armée de peintres en bâtiment a badigeonné et peinturluré toutes ces cabanes formant un bariolage des plus gais à l'œil. Et que d'enfants, Seigneur ! Ils sortent de dessous terre, comme les champignons. On voit que les nuits sont longues au Portel !

Une délicieuse promenade, c'est encore d'aller déjeuner à Pont-de-Brique, sous la tonnelle. Mais une chose rend rêveur, c'est le prix que l'on fait payer pour une petite salade de quatre sous. On la garde longtemps sur le cœur !

On peut aller presque aussi vite à Trouville qu'à Versailles; car la Compagnie de l'Ouest ne ménage

pas ses trains rapides et express pour transporter
aux bords de la mer les Parisiens assoiffés de brise,
et tous reviennent faire chaque année une promenade sur ces planches légendaires.

D'abord, la route est ravissante. Penché à la por-
tière, vous voyez un panorama que je qualifierai de
joyeux : de gras pâturages dans lesquels s'esbattent
des juments avec leurs poulains, des bœufs solen-
nels, des vaches aux puissantes mamelles et des veaux
qui font leur tête. Ils la feront moins quand, flanqués
d'une sauce vinaigrette, ils deviendront le plus bel
ornement de la table d'hôte. Les châteaux, les propriétés, les petites maisons perdues dans les arbres
se succèdent sans relâche. La nature est gaie, et
l'œil contemple avec amour ces tableaux vivants et
animés.

Que de mouvement, que de changements, et combien Trouville s'embellit tous les ans! On dirait
qu'une fée passe par là, car on ne reconnaît jamais
cette adorable petite ville. Un air de fête général ;
sur la plage, d'élégants chalets, non en bois, mais
en pierre de taille avec briques, vitraux de couleur,
balcons, escaliers en saillie, que sais-je ?

Sur les planches, on rencontre nombre de figures
parisiennes, des personnes appartenant à la plus
ancienne noblesse de France et des princes de la
finance... et de l'esprit. Voici Camille Doucet en
contemplation devant la plaine liquide ; on est à
basse marée et il murmure : « Quelle belle mer !
c'est dommage qu'elle se retire... »

— Si la mienne pouvait en faire autant, s'exclame un gendre qui passe par là !

## AIX-LES-BAINS

Aix est une station vraiment privilégiée, car ce n'est pas comme sur nos côtes de l'Ouest et de la Bretagne, ou dans nos villes pyrénéennes, où l'on ne voit arriver le flux et le reflux des voyageurs que vers la fin de juillet.

Là, la saison commence en mai par la venue des Anglais et des Américains, et au mois de septembre encore les trains débarquent sous ce ciel clément les touristes retardataires. A cette époque, la chaleur accablante qui règne dans les chaudes journées de juillet et d'août a fait place à une douce tiédeur. Les arbres y sont encore verts et les femmes plus jolies.

Aix est un pays charmant, c'est la tranquillité des malades, c'est la joie des joueurs et des excursionnistes. Les premiers se guérissent en trois semaines, laissons-les à leur traitement; les seconds ont toutes sortes de distractions en dehors des émotions que leur procure le tirage à cinq. Deux casinos, situés l'un à côté de l'autre, entretiennent une animation extraordinaire par les fêtes qu'ils offrent aux voyageurs et les mille agréments qu'ils ont en réserve. A la *Villa des Fleurs*, le restaurant desservi par Cogery et Laurent, qui tiennent le *London House* de Nice, ressemble à un vaste atrium. Le soir, on dîne en plein air dans un magnifique jardin et aux sons de l'orchestre, dirigé par Brunel, ou le samedi en entendant la musique militaire en garnison à Chambéry; il y a feu d'artifice, illuminations, etc. Tous les soirs, comédie-vaudeville ou opérette. Toute la haute bicherie lyonnaise s'y donne rendez-vous. On y voit également quelques horizontales de Nice, mais pas une de la Grenouillère.

On retrouve les mêmes personnages au Cercle d'Aix, car on fait la navette entre les deux établissements qui vivent en très bons termes; ils ne se font pas concurrence, mais luttent pour rendre le séjour des plus agréables à la foule des baigneurs et des touristes. On a au Casino les mêmes distractions qu'à la Villa des Fleurs, peut-être y rencontre-t-on un peu plus de familles. On y entend l'orchestre de Colonne, qui donne toutes les semaines un concert symphonique comme à Paris. M. Charles Masset, directeur du théâtre du Cercle, se met en quatre pour varier le répertoire.

. Les salles de jeux ressemblent à celles de Monte-Carlo, et, pendant les entr'actes, c'est un va-et-vient perpétuel.

A la *Villa des Fleurs*, de M. Sammarcelli, la société est moins collet monté, les belles filles mettent dans la gaieté du cadre la gaieté de leurs rires emperlés.

Voilà la suggestive Aimée Martial, dont les yeux noirs font le tour de la tête, Blanche Duvernet, l'élégante Blanche Delabarre, faisant assaut de diamants et de toilettes. Ninie Buffet se fait remarquer par ses réparties et ses saillies; elle ne sait qu'inventer, et, quand elle se paye une tête, impossible

de garder son sérieux. Suzanne Richmond, la jolie
Mlle Lesage, Mlle Charvet et son inséparable amie
de Barras; Delphine de Lizy, Jeanne Sestier, une
blonde grasse comme les peint Rubens; Hélène
Courtois, dont les réparties sont toujours acérées;
Lina Munte, Marie Colombier, Jeanne Thibaut, les
sœurs Delamotte; Lydie Borel et Amélie Keller,
couvertes de diamants; l'élégante Marie Delannoy
et Elisa Fleury, pleine de charme, la sculpturale
Rubens; des grandes dames italiennes qui sont petites,
et des petites dames que l'on prendrait pour des
princesses. Elles sont toutes, ou elles se disent
toutes, décavées, et ce sont — ô bizarrerie! — les
plus maigres qui ont au jeu le plus d'estomac. On en
rencontre pourtant qui vont faire un versement au
Crédit lyonnais. M. Germain a des succursales partout, ne l'oubliez pas! On voit dans les salons de
très jolies Lyonnaises, grandes, et aux formes bien
accentuées, et dont le genre de vie est assez bizarre.
Elles se lèvent, paraît-il, vers deux heures de l'après-
midi. Après une légère collation, elles passent deux
ou trois heures à leur toilette, font un rubicon en
prenant l'apéritif de rigueur, viennent en bande
joyeuse dîner en plein air à la Villa, et à dix heures,
font leur entrée dans les salons, où elles se livrent
alors, jusqu'à quatre heures du matin, aux jeux du
hasard, qu'elles préfèrent à ceux de l'amour.

Sur la terrasse, voici Marie Sasse, avec Mlles
Mauri et Subra, les deux danseuses de l'Opéra, les
étoiles chorégraphiques causent sous l'œil bienveillant de leurs sœurs du firmament.

Quel cadre merveilleux pour cette vie mondaine, riche, brillante !

Le lac du Bourget se découvre aux yeux sous un aspect vraiment féerique avec ses cinq lieues d'étendue, les hautes montagnes qui le bordent et les glaciers de la Maurienne. Les excursions sont infinies, à la Chambotte, aux Gorges de Sierroz, à Chambéry, aux Tours de César, que d'autres encore !

## BAGNÈRES-DE-LUCHON

Quoique bien éloignée, tout là-bas, là-bas, au fin fond de la France, elle est cependant bien parisienne cette ravissante station thermale, Luchon, qui porte de si royale façon son titre de reine des Pyrénées ; car partout, autour de Luchon, devant, à droite, à gauche, par derrière même, les paysages environnants offrent aux voyageurs des buts d'excursion incomparables. Tantôt, c'est la merveilleuse vallée du Lys, au fond de laquelle gronde la cascade et mugit le gouffre d'Enfer ; tantôt le lac d'Oo, placé à 1,497 mètres d'altitude, alimenté par un autre lac situé trois cents mètres au-dessus et qui laisse tomber de cette hauteur de neuf cents pieds ses eaux bouillonnantes ; tantôt, cette gaie promenade du Portillon, où, à quelque treize cents mètres au-dessus de l'asphalteux boulevard Montmartre, on s'en va gaîment, en territoire espagnol, avaler de mignonnes pommes de terre frites ou ces délicieuses petites fraises des montagnes au parfum si pénétrant, et perdre quelques louis à la roulette

dans ce rustique Casino installé loin de l'œil vigi-
lant des alcades du val d'Aran.

Mais, de toutes ces excursions, aucune ne vaut
celle de l'Entecade, l'un des pics les plus escarpés
des massifs espagnols environnants. Il arrive un moment où les chemins se rétrécissent tellement, que
les voitures s'arrêtent et que les voyageurs, s'ils ne
veulent pas faire, *pedibus cum jambis*, cette ascension assez pénible, sont obligés de grimper sur les
chevaux de selle amenés à cet effet. Et rien n'est
plus pittoresque, je vous assure, que de voir ces cavaliers improvisés, rudement secoués sur leur selle,
longeant des précipices bien faits pour donner le
vertige.

Demandez à l'aimable M. Lozé, ou à Lionel-
Meyer, les impressions qu'ils ont rapportées de ce
petit voyage à dos des bucéphales des Pyrénées.

Mais quand on arrive au sommet de l'Entecade,
on reste émerveillé, ébloui par la grandeur de ce
panorama qui se déroule là sous vos yeux. A vos
pieds, sous la montagne qui la surplombe à pic,
s'étend la fertile vallée d'Aran, et l'on aperçoit tout
au loin, petits, petits, avec leurs coquets toits
rouges, les quatorze villages. Derrière vous se re-
ferme la chaîne des montagnes, blanche éternelle-
ment; les glaciers sont là, si près, qu'il semble qu'il
n'y ait qu'à étendre la main pour les saisir, et cette
immaculée pureté des neiges, se détachant sur le
fond bleuté du ciel sans nuages, jette dans un inex-
primable rêve de féerie.

Comme Nice, cette reine de la Méditerranée, la

reine des Pyrénées a sa Fête des Fleurs dans la première semaine du mois d'août. Deux cents voitures
y prennent part, enguirlandées depuis le mors des
chevaux jusqu'aux rayons des roues.

C'est dans le cadre de cette magnifique allée
d'Etigny, aux arbres séculaires, qu'elle se donne.

Au signal parti de l'estrade du comité, la bataille
commence. Rien de plus poétique ni de plus gracieux
que cette mêlée où les combattants, animés les uns
à l'égard des autres des intentions les plus bienveil-
lantes, se jettent comme projectiles toutes les fleurs
que les bouquetiers de Luchon, augmentés des bouquetiers de Toulouse et des villes environnantes,
ont pu réunir depuis deux jours. Rien de plus ravis-
sant encore que le coup d'œil offert par cet assemblage pittoresque d'équipages si diversement ornés
où les fleurs bleues, roses, jaunes, polychromes,
mêlent dans un pêle-mêle joyeux la gaieté de leur
coloris.

Quand la bataille cesse, faute plutôt de munitions
que de combattants, c'est au Casino qu'a lieu
la distribution des médailles, des bannières et
des oriflammes aux voitures les mieux ornées.
Édouard Philippe et Artus se disputent toujours le
prix d'originalité.

Quelle merveille encore ce Casino, qu'éleva Siere
du Breilh, le prestigieux créateur du Luchon moderne !

Le parc où, vers cinq heures, l'après-midi, et vers
huit heures, le soir, l'orchestre de Broustet donne ses
brillants concerts, est un véritable Eden avec ses

massifs de roses, ses splendides magnolias aux fleurs épanouies, toute la magnificence de ses plantes méridionales.

Dans la salle de jeu, les cinq tables de baccara fonctionnent, et quelquefois, dans le salon réservé, on ouvre une nouvelle table pour le beau sexe. Toutes ces dames pontent avec fureur et plus ou moins de chances, ce qui permet à l'observateur d'étudier sans fard le caractère de chacune. C'est fort amusant, je vous assure.

L'un des plus vifs attraits du Casino est la troupe théâtrale, dont l'habile direction est confiée depuis deux ans à Dieudonné, l'excellent et sympathique artiste du Vaudeville. Il sait grouper autour de lui une troupe composée des meilleurs éléments des scènes du boulevard, et donne des représentations de gala où Coquelin aîné, Saint-Germain, etc., viennent se faire entendre.

Les distractions, d'ailleurs, sont nombreuses dans ce pays enchanteur : bals, rallye-paper, courses à l'hippodrome de Moustajon, feux d'artifices tirés par Édouard Philippe, retraite aux flambeaux par les guides, ces pittoresques cavaliers qui donnent la sérénade crépitante de leurs fouets. Il ne manque pas même au programme chaque année les ascensions en ballon d'un jeune Parisien en villégiature à Luchon, M. Weddel, qui ne dédaigne pas d'enlever — c'est le mot — une dame avec lui dans sa course aérienne au-dessus des massifs pyrénéens.

Dans la dernière semaine d'août, il n'y a plus grand monde à Luchon. On s'en va à Biarritz, où la saison commence seulement, non toutefois sans avoir acheté des chapelets à Lourdes, donné un coup d'œil à l'indescriptible point de vue de la terrasse de Pau, croqué des tablettes de chocolat à Bayonne.

La vie est luxueuse à Biarritz. La grande plage est le rendez-vous de toutes les élégances. Que l'on aille au rocher de la Vierge si pittoresquement entouré, au palais Biarritz, au port des Pêcheurs, à la côte des Basques, c'est toujours un féerique changement de décors, dû à la disposition des monstrueux rochers — avec toujours à l'horizon l'infini de la mer bleue, d'un côté, et, de l'autre, la cime lointaine des derniers contreforts pyrénéens.

Impossible de quitter Biarritz sans avoir assisté au moins une fois — bien peu de Français y retournent — aux courses de taureaux de Saint-Sébastien. C'est dans le programme obligatoire avant de revenir par Arcachon et Bordeaux à Paris.

# LE RETOUR

La grande heure du retour a sonné. Les Diables Boiteux, Amoureux, et le Domino Rose des journaux mondains nous citent régulièrement, trois fois par semaine, le monde élégant et celui qui s'amuse, qu'ils rencontrent au Bois, à l'Opéra et aux Folies-Bergère.

La rentrée !

Voilà un mot qui sonne mal à l'oreille de bien des gens. D'abord, les avocats et les juges, obligés de retourner dans le temple de Thémis pour défendre les femmes mariées innocentes et condamner les maris coupables — ils le sont toujours. Jadis, les membres du barreau profitaient des vacances pour laisser croître barbe et moustaches. Aujourd'hui ils peuvent plaider en se retroussant le poil qui ombrage leur lèvre supérieure. Je ne vois pas en quoi la veuve et l'orphelin bénéficient de la chose, et M⁰ Untel, moustachu ou non, perdra toujours ses causes et fera condamner ses clients au maximum. Adieu donc le *dolce far niente*, la chasse au lapin, les ascensions sur le Mont-Blanc. Il faut retourner au Palais et endormir l'assistance et les juges... à moins d'une cause grasse ou d'un procès à sensation qui tienne le monde en haleine.

Jeune collégien, les beaux temps sont finis. Adieu
les parties de cache-cache, les taquineries et les
farces, la fainéantise dans le lit au sommier élasti-
que, les indigestions pour cause d'un usage immo-
déré de fruits verts !

Adieu les promenades à cheval, la pêche dans l'é-
tang, les parties de billard à l'estaminet du village
voisin du château de tes pères. Adieu tes poursuites
après la femme de chambre de ta mère, adieu les
douces remontrances de celle-ci, et les carottes
tirées à papa ; il faut réintégrer le *collegium*, pio-
cher son Horace ou son Virgile, faire des niches au
pion qui vous met au cachot et vous accable de
pensums, boire l'*abondance* et se remplir l'estomac
des traditionnels haricots de Soissons ; il faut se
lever à six heures, dormir à l'étude et se contenter d'écrire en cachette des vers incandescents à la
petite cousine avec laquelle on jouait au *crockett* !
Oh ! la rentrée ! mot haï des internes aussi bien que
des externes !

Et toi, boursier, qui te plongeais dans l'onde
amère, qui réparais tes forces en chevauchant à travers les montagnes pyrénéennes, qui nettoyais ton
corps usé en t'ingurgitant force rasades aux sources
de Vichy, Plombières, Contrexéville ou Aulus (l'eau
ne m'en vient pas à la bouche) ; toi qui allais visiter
la Bourse d'Amsterdam, les palais et les musées de
la Belgique, étudier les mœurs des Anglais ou des

Hongrois, ou qui paressais tout bonnement à Chatou ou à Joinville-le-Pont, il faut rentrer dans la fournaise, bayer aux corneilles sous la colonnade, en attendant le mythe décoré du nom de client, te faire des cheveux — surtout si tu es chauve — en comparant le marché mort d'aujourd'hui avec la fièvre d'autrefois! Il faut faire un triste retour sur soi-même et penser malgré toi à ce maudit *krach* qui a tout bouleversé et fait du boursier, qui, jadis, était choyé de ces dames, un être mis à part, un paria. Faites l'expérience, en même temps que la cour à une horizontale, et vous verrez la moue dédaigneuse avec laquelle elle vous accueillera quand vous lui aurez dévoilé votre position sociale! Les affaires sont mortes et enterrées; néanmoins il faut rentrer, et ça n'en est pas plus gai pour cela.

Le retour, c'est le départ des hirondelles et le retour des Auvergnats, *chands de marrons*.

La rentrée, c'est le dîner au cercle, où le voisin grincheux trouve la cuisine détestable et crie quand la porte est ouverte ou quand elle est fermée; c'est la *culotte* qui vous met de mauvaise humeur et vous fait dire — *quel blasphème!* — que l'on s'ennuie à Henri VIII! C'est la *chouette* à l'écarté qui vous ratiboise tout ce que vous avez dans le porte-monnaie! C'est la causerie bruyante dans le cabinet de lecture, histoire d'embêter l'petit vieux qui lit la *Gazette de France* et qui, tout à l'heure, vous a fait perdre cinquante louis en ne tirant pas à cinq alors qu'il pontait dix francs ! C'est la première d'une comédie ennuyeuse, d'une opérette idiote, d'un drame assommant, d'un opéra qui vous casse le tympan, d'un ballet mal réglé et dont il faut faire le compte rendu immédiat, quand votre bouche, par ses bâillements, ressemble à un jeu de tonneau. La rentrée, c'est le dîner de famille avec une belle-mère grincheuse, un beau-père qui vous fait des calembours datant de Mathusalem, et une tante qui tousse et éternue dans votre assiette ! C'est le dîner officiel où tous les assistants ont l'air d'être assis sur un paratonnerre ; c'est la conférence laïque et obligatoire ; c'est la boue, la pluie, la cheminée qui fume, le rhume, les rhumatismes, la grippe, tout le diable et son train.

C'est le retour des dames patronnesses vous collant deux billets à un louis pour un bal de charité auquel vous envoyez votre bottier.

Le retour, c'est, enfin, bien ennuyeux, pas tant cependant que le retour... d'âge, si désagréable pour les hommes en général et pour les femmes en particulier, surtout en cabinet.

# MORALITÉ DES VOYAGES

Isidore Vadelavant qui habitait 146, boulevard des Capucines, était un grand voyageur devant l'Eternel...

Non qu'il eût poussé jusqu'au Pôle Nord ou dans l'Afrique centrale, ou seulement jusqu'à la chute du Niagara ; mais il était allé à Barcelone, où il avait assisté aux courses de taureaux, ce qui l'avait rendu malade. La cuisine à l'ail de l'Espagne n'avait pas non plus été étrangère à son malaise.

Il avait bu des chopes dans une brasserie du *Nès* et navigué sur les canaux d'Amsterdam, ce qui lui avait donné le mal de mer...

Il avait visité le *Rydeck* à Anvers et était allé voir ensuite son médecin.

Il avait mangé de la dinde aux confitures à Francfort, et du jambon à Mayence ; ce qui lui avait donné une maladie de peau.

Il avait visité le musée Wirth à Bruxelles — d'où un cauchemar bien senti — et il avait grimpé sur les tours de Sainte-Gudule, où il avait eu le vertige...

Il s'était laissé choir dans le fameux tonneau d'Heidelberg.

Il avait, pendant le carnaval de Nice, reçu des confetti à l'œil, et il avait pris une culotte à Monte-

Carlo en s'obstinant à jouer à pair — ce qui est un impair — quand c'est ce dernier qui sort.

Il avait visité la cathédrale de Reims, la maison où est né C. D..., l'intrépide vide-bouteilles, et mangé du pain d'épice ; conséquence immédiate — une indigestion soignée !

Il avait fait le tour de la place Stanislas à Nancy et la connaissance d'une brodeuse... d'où deuxième visite à son médecin.

Il avait visité l'arsenal de Cherbourg et, dans la rade, il avait failli se noyer.

Il avait posé... sa tête sur la chaise en marbre du bain des Capucins à Plombières et avait attrapé le torticolis...

Il avait grimpé à la citadelle de Saint-Sébastien — d'où un coup de soleil carabinier... pardon ! carabiné...

A Biarritz il avait assisté à un combat entre une pieuvre et un homard, et s'était laissé piquer par des moustiques acharnés après lui.

Car il avait la peau très douce... Et ces insectes aiment la peau douce et la peau lisse également. Ce n'est pas comme les voleurs.

Il avait pris un bain d'eau de Seine à Trouville, croyant prendre un bain de mer à marée basse...

Sur la plage de Boulogne il avait fait la cour à une insulaire ; ce qui lui valut un *gnon* de la part d'un pêcheur de l'endroit.

Il avait taquiné un singe de l'aquarium du Havre et s'était fait mordre à l'index.

Ou au pouce... peu importe, n'est-ce pas ?

En courant sur le galet, à Dieppe, il s'était écorché les pieds...

Il avait été renversé par un coup de vent au Tréport.

Il avait mangé trop de moules à Ostende et avait enflé... Enflé outre mesure.

Pourtant à cette époque il était fait au moule...

Il avait pris un bain trop chaud à Aix.

Et un trop froid à Luchon.

Il avait bu — sans y être obligé — de l'eau à la source Elisabeth à Hambourg — ce qui l'avait purgé pour le restant de ses jours.

Il avait déjeuné au vieux château de Bade et avait failli s'étrangler en goûtant d'une truite au bleu.

Il avait mangé trop de cassoulet à Toulouse et ça lui avait emporté la bouche.

A Bordeaux, il avait fait de nombreuses stations aux fameux cabinets qui ne sont pas de société,

Ni particuliers...

Mais de nécessité !

(Monselet les a célébrés en vers qui embaument.)

A Liège, il avait acheté un fusil qui lui avait pété, pardon! éclaté, dans les mains.

A Fécamp, il avait bu de la bénédictine.

Ça l'avait mis en gaieté.

Il avait butté contre un gros pavé,

Et failli se tourner le pied gauche.

En faisant une promenade à âne, à Spa, il s'était entêté à faire marcher ce quadrupède en lui piquant le derrière avec une épingle à cheveux

Qui venait on ne sait d'où.

Car il était très cachottier,

Et il avait, lui, piqué une tête sur un tas de cailloux,

Et déchiré son pantalon, qui n'était pas encore payé...

Il avait fait le tour des remparts de Bayonne et de l'œil à une Baïonnette...

(Dit-on Baïonnette ou Bayonnaise?)

Et reçu un coup de couteau de son promis...

Un Basque,

Dans *celles* de son habit.

Il avait visité la cathédrale de Cologne, et acheté de l'eau de J.-M. Farina,

Qui ne sentait pas bon, l'eau !

Mais qui coûtait plus cher qu'à Paris.

Il avait attrapé un fort rhume à Skeweningue en barbottant dans les flots ;

Histoire de voir de près les bateaux hollandais qui vont à la pêche de la morue (il n'avait pas de femme avec lui).

Il avait acheté une montre à musique à Genève — jouant toujours le même air :

Celui de *Fualdès*,

Et en était devenu quasiment sourd et fou.

On le deviendrait à moins !

Enfin, il avait passé une saison à la Grenouillère,

Et en était revenu couvert de rhumatismes.

Comme vous le voyez, Isidore Vadelavant connaissait du pays.

Mais, comme tous les Parisiens,

Il ne connaissait pas Paris.

# SOIR DE PREMIÈRE

# UN SOIR DE PREMIERE

Dans la salle étincelante, la presse théâtrale au
grand complet. Mais, en outre de ceux que le devoir
ramène dans leur loge ou à leur fauteuil, nous
apercevons les notabilités littéraires, artistiques,
financières, politiques, mondaines ; les personnalités
connues, les physionomies intéressantes qui com-
posent ce qu'on est convenu d'appeler le Tout-Paris
des premières.

Voici Gaston Calmette, secrétaire de la rédaction
du *Figaro*, un confrère charmant, dont les articles
sont toujours remarqués ; Giffard, du *Petit Journal*,
grand maître en reportage ; l'ancien député Bischoffsheim, un inventeur d'étoiles ; Armand Lévy,
un boursier qui a fait son chemin ; Maxime Dreyfus,
un assidu qui n'en manque pas une ; Grosclaude,
dont les *Semaines comiques* à l'*Eclair* et les *Gaietés
de la Semaine* au *Gil Blas* sont si étincelantes
d'humour ; Gustave Batiau, le premier publiciste de
la Finance, dont les soirées musicales en son magnifique appartement de la Maison d'Or sont un
événement parisien.

La lorgnette nous montre le prince de Sagan,
Clémenceau, le docteur Fauvel, madame Adam.....
et sa cour ; Havez, le manteau bleu de certains
directeurs ; Callmann, le directeur de la Société des

oreillers, qui ne s'endort pas dans ses entreprises;
Mgr Bauer, une personnalité bien marquante....

Qui vois-je encore? De Labruyère, ex-directeur de
la *Cocarde;* Victor Simond et son frère Valentin,
deux bons vivants, deux journalistes experts; Séverine; Henri Privat, bulletinier financier des plus
remarquables, grand amateur de tableaux et..... de
sport nautique; Pierre Véron, l'homme d'esprit
inépuisable, un lettré original et fin.... Et la Cen-
sure, que j'allais oublier! Je ne me le serais jamais
pardonné. Salut donc à MM. Paul Bourdon, de Forges, Gauné et Adrien Bernheim, ce dernier critique
dramatique estimé de la *Nation.*

Ah! voilà Abraham Dreyfus, un chroniqueur
apprécié, auteur de la *Giffle* et du *Klephte.* Sur ses
pas s'avance Henri Becque, qui ne lui fait pas des
yeux de *Corbeaux,* mais dont les sourcils restent
misanthropiquement froncés. Albert Delpit se détourne de M. Brunetière, pendant qu'Ollendorff sup-
pute avec Georges Ohnet combien *Nemrod* obtiendra
d'éditions; gourmands!

De la Piedra s'installe dans la loge de son parent
Toché et parle musique, — c'est un connaisseur.
Sarchi, le neveu de l'ancien agent de change, serre la
main à Pierre Thomy (du *Soleil*) pendant qu'Alphonse Duchemin, qui a déserté le *Soir* pour le
*Matin* — étrange coïncidence! — et lâché la critique
dramatique pour l'article financier, cause de la
conversion turque avec M. Arthur Meyer, l'intelli-
gent et si actif directeur du *Gaulois.* Vuagneux sou-
met à Maurice Lefèvre un pendant à *Scaramouche.*

Côté des musiciens : Messager, Street du *Matin*, les éditeurs Heugel, Choudens, Biardot ; Gregh, auteur du *Lycée de jeunes filles ;* Bathlot, Schott, Thibaut, le chef d'orchestre qui va tour à tour des Bouffes aux Folies-Dramatiques et de celles-ci à la Gaîté ; André Wolff, le frère de l'auteur de *Celles qu'on respecte ;* l'aimable Saint-Albin (Robert Milton), dont les pronostics sont les meilleurs.... tuyaux.

Fernand Xau est très entouré. On le félicite pour le succès du *Journal*, qu'il a lancé avec autant d'adresse que de bonheur. Voici Molier.... à cheval sur le rebord d'un fauteuil, il parle — équitation, parbleu ! — avec Carle des Perrières, le chroniqueur si parisien dont les duels jadis ont eu tant de retentissement. Le peintre Gervex donne rendez-vous à Scholl, qui vient d'émettre un paradoxe, tout en essuyant le verre de son monocle.

Jules Roques demande à Justice, plus fier d'une belle rime que de ses deux mille voix de presque député, une ode, un sonnet ou une spirituelle chronique rimée pour son prochain numéro du *Courrier français ;* Hecq se délasse de ses fonctions au ministère de l'instruction publique en causant avec l'éditeur Charpentier. Voici la silhouette d'Albert Vavasseur, Henri Houssaye, l'aimable administrateur de l'*Agence Havas*, et de Chambure, directeur de l'*Argus de la Presse ;* Jules Lecocq, un auteur dramatique qui s'imposera, et dont les articles humoristiques sont pleins d'amusantes observations. Ici, Léon Houdaille, le président de la *Rampe*, cette Société littéraire qui marche sur les brisées du Théâtre-

Libre et a fait éclore déjà de belles œuvres dramatiques de jeunes ; Reymot, le sympathique représentant de la Compagnie de l'Ouest, parle de Cabourg
avec Louis Derenbourg, plus directeur que jamais
depuis qu'il ne l'est plus. Louis Cantin, qui a un intérêt à gauche, un autre à droite et un troisième
au milieu dans les théâtres de genre, se promène
avec le docteur Collin, le spécialiste pour les maladies du larynx. Encore un médecin, le docteur
Obissier, un homme de bons conseils... hygiéniques.
M. Halanzier, très entouré, toujours solide au poste,
n'ayant qu'un souci : veiller aux intérêts de la Société des artistes dramatiques. Voici encore Alphonse
Lenoir, publiciste financier, auteur d'un roman à
sensation : la *Danse macabre*.... têtes de morts,
fantômes et jetés-battus ! Valabrègue, le successeur
de M. Lavoix à l'*Illustration*, fait des mots sur la pièce
qu'il critiquera demain, en attendant qu'il critique
lui-même celle qu'il fera jouer la semaine prochaine.
Paul Perret, critique dramatique à la *Liberté*, lecteur à la Comédie-Française, lui parle du roman
qu'il est en train d'écrire. Le baron de Vaux se
montre bon *Diable* auprès des anges déchues qui lui
demandent un écho dans le *Gil Blas*.

Je vois Gabriel Morris, qui de son vivant et depuis
longtemps a de nombreuses colonnes sur les boulevards ; Schiller, toujours gai ; Kugelmann, toujours
sérieux, et Reverdot, de la maison Thivet-Rapide,
l'ami de tous les journalistes ; Abel Merklein pense
à son prochain numéro du *Figaro-Musical*, qu'il
dirige en connaisseur ; le jeune Léon d'Agenais,

rédacteur en chef de l'*Europe Artistique ;* Schmoll,
le secrétaire correct du *Gaulois,* court après Lionel
et tombe dans les bras de l'aimable M. Lozé, un
amateur... enragé, de théâtre. Au hasard, çà et là :
le prince Galitzine ; le prince Troubetzkoï, Eugène
Héros, l'auteur de la *Noce à Génie ;* Jules Crémieux,
l'ordonnateur des fêtes de quinzaine du Cercle de la
presse ; Camille Bloch, un jeune et aimable boursier,
parent de M. de Porto-Riche ; Maurice Leclanché,
un dilettante pour qui la mort d'Armand Gouzien,
son ami, a été une grande perte. Puis M. de Sainte-
Marie (Paul Bertric), qui a fait représenter des fan-
taisies musicales à l'Eldorado et aux Folies-Bergère,
et dont les Menus-Plaisirs doivent jouer une opérette ; Duc, le fabricant de papier à cigarettes bien
connu, aimant le théâtre par-dessus tout, accompagné de ses amis Louis Boyer, un jeune baryton de
talent, et Bianchini, le dessinateur émérite de l'Opéra.
et le couturier à la mode de la rue Boudreau ; Guil-
lemot, l'excellent professeur, à l'école duquel on
devient étoile ; Diaz, le fils du peintre, qui abandonne
de temps à autre la palette paternelle pour écrire
des partitions exquises, comme le *Roi Candaule,* la
*Coupe du roi de Thulé, Benvenuto Cellini,* ou la
*Tirelire de Suze* — avec M. Medina — que doivent
représenter les Menus-Plaisirs ; Léon Couturat, qui
joue à Colin-Maillard dans le *Journal.* Voici un
homme à la figure épanouie : je reconnais l'excellent
compositeur Toulmouche, parent du peintre, auteur
de la *Veillée des noces,* en collaboration avec A.
Bisson, et du *Secret de Duransol,* en collaboration

avec O. Pradels et Antony Mars, opérette reçue aux
mêmes Menus-Plaisirs (toujours!), théâtre pour
lequel M. Toulmouche a un faible tout particulier.

J'entends un rire franc et sonore. Il s'échappe
d'une bouche perlée. C'est la belle Mme Jeanne A., un
type éclatant de fraîcheur, une Alsacienne qui rappelle les Caroline Letessier, les Caroline Hassé du
deuxième empire. On fait cercle autour d'elle. Voici
également la belle Marie Magnier, l'élégante Julie
de Cléry, Alice Lodi et Suzanne Pic, que la Russie
nous a rendues plus jolies que jamais.

Dans un groupe je reconnais Michel Haralamb,
un jeune médecin roumain très parisien et très
répandu dans le monde théâtral, le cœur sur la
main ; M. Edwards, le toujours souriant directeur
du *Matin ;* Alfred Durand, un jeune avocat qui, au
lieu de défendre la veuve et l'orphelin, préférerait
commanditer un théâtre de genre ; esprit un peu
moqueur, mais très fin : Mary Gillet, Marguerite
Deval, qui, en sa qualité d'étoile parisienne, est allée
briller cet été sur le théâtre de la Tour Eiffel ; Au-
gustine Leriche, Suzanne Richemond, dont la beauté
ferait rendre les armes au plus farouche antisémite,
et la mignonne Louisette B., vrai type de la Parisienne gaie et encore au printemps de la vie, que
Murger et Daudet ont si bien portraicturée ; Gil-
berte, la belle Angèle, la brune Rivero, Cécile Sorel
et Suzanne de Néry luttant d'élégance. Astruc, de
l'agence Dalziel, flâne par là pour avoir des renseignements ; Foureau donne le bras à Dom Blasius,

le critique lettré de l'*Intransigeant,* son second lui-même.

Ducret, le romancier apprécié qui mène à trois, en directeur habile, la *Cocarde,* le *Patriote* et le *Petit national* ; Henry Bourdel, un Méridional vraiment parisien ; le sympathique et si complaisant M. Regnoul, du P.-L.-M. ; Georges Duval, auteur et chroniqueur dans le mouvement, et J. de Gastyne, qui tire si habilement des pièces de ses romans. M. Floquet coudoie Maxime Vitu, le critique du *Patriote* et le secrétaire du Cercle de la critique.

Dans cette loge, fidèle à ces solennités littéraires, toujours vivement intéressé aux productions nouvelles dans le domaine si fécond de l'art, voici Auguste Vacquerie. Le Maître, une fois le rideau levé, oublie son rôle ardent de publiciste politique pour ne se souvenir que du temps où il faisait triompher son merveilleux *Tragaldabas* malgré le déchaînement des cabales.

Voici M. Richtemberger, le très aimable directeur du *National* ; M. Tariot, un financier très amateur de théâtre, oubliant, en écoutant les vocalises des étoiles lyriques, la sarabande des chiffres qui farandolent dans son cerveau ; Robert Kemp ; Stebbing, l'inventeur de la photographie en couleurs ; Paul Milliet, l'auteur d'*Hérodiade* et de *Méphisto*, directeur du *Monde artiste illustré* ; le comte Silberstein, un Russe francisé, qui signe Popoff au *Constitutionnel*, discute avec son collaborateur Paul Doria ; M. Lafourcade, un grand amateur de chevaux, — ses équipages font sensation au

Bois, — un assidu des ventes du Tattersall, et E. Guiraud, un des remisiers les plus sympathiques de la Bourse ; Hippolyte Lemaire, le très aimable et très lettré critique dramatique du *Monde illustré*, si bien dirigé actuellement par M. Desfossés ; Bernadac, directeur du *Journal amusant*, regardant l'épreuve d'un dessin nouveau de Forain ; MM. Pellerin et Gustave Roger, qui touchent les droits des auteurs, causent ensemble de la crise théâtrale. Léger comme une plume, Albert Alberti, un industriel et ténor amateur, se pâme aux accords d'une musique savante ; Gonzague Privat, salonnier à l'*Événement*, parle peinture avec Carolus Duran. Paz dit à Beleys : « Que de monde ! il n'y a pas petite presse ! » Théo Garcias commande à son dessinateur Morland la scène principale applaudie par le public ; Duret parle au jeune Martin, de Laguerre ou de... la *Paix*, on n'a jamais pu savoir.

Dans les loges, au hasard de la lorgnette, nous apercevons la princesse de Sagan, très entourée ; Louise Abbéma, dont le spirituel pinceau se plaît également aux bouquets éblouissants et aux purs profils de Parisiennes ; le marquis de Massa, la comtesse Martel de Janville (Gyp) ; Calmann Lévy, l'éditeur puissant, le digne successeur de son père.

Dans cette avant-scène, une grande dame que vient saluer le marquis de ***, chambellan du Palais de Castille, célèbre pour le faste de ses chasses et pour le charme exquis de son accueil, qui a fait applaudir sous le pseudonyme de Manuela des pièces dont le public ratifierait le succès si elle consentait à les donner à quelque scène de nos boulevards.

Dans les couloirs, à l'orchestre, çà et là, Armand Silvestre, Catulle Mendès, Corneau du *Jour*, Lange, directeur de la *Coulisse*, au courant des potins du foyer de la danse à l'Opéra; Maurice Carpentier, d'Agneau de la *Revue d'art dramatique*; Roger Milès, le fin critique d'art du *Soir*, cause avec Dutailly, son collaborateur financier. L'œil pétillant de malice sous ses lunettes, Robert Hyenne, l'*alter ego* de Pierre Véron, du *Charivari*; Gilbert Martin, critique de la *France*, et, grand tel qu'il sied au directeur et au caricaturiste du *Don Quichotte*; Ludovic et René Baschet, le premier éditeur, le second directeur de la *Revue illustrée*; M. Michel de Zogheb, un riche Egyptien ami de la France, et le richissime M. Nicolopoulo, aussi connu sur le turf que sous la colonnade de la Bourse, une figure sympathique de la colonie grecque ; Massip, le directeur du *Soir* et du *Siècle*, et son administrateur, l'aimable M. Quillot ; l'avocat Georges Maillard, un fanatique du théâtre : Louis Ganderax cause psychologie avec Jacques Bizet, le fils du grand compositeur, qui dirige une revue de jeunes ; de Dubor, ex-Georges Launay du *Voltaire*, qui a repris sa plume de critique musical au *Rapide*, ne quitte pas Cerf (Pont-Biquet), du même journal ; Edmond Tarbé cause avec Berr de Turique, du ministère des Beaux-Arts.

M. Emile Zizarsky prend des notes pour les envoyer aux vingt-deux journaux de Vienne et de Hongrie dont il est correspondant ; j'aime à croire qu'il a une presse à copier. Touroude, de la *Petite*

*République française* ; Dubrujeaud, aux chroniques
quelque peu misanthropiques ; Gaston Bérardi, un
jour à Bruxelles, le lendemain à Paris ; quel client
pour la Compagnie du Nord !

Voici Gunzbourg, toujours vif comme un écureuil ;
Prudommeaux, le successeur de Mme Porcher, ce
nom en dit assez ; l'aimable Vallin, du *Petit Journal*,
l'échotier théâtral le plus tiré à part par les secrétaires, probablement à cause du tirage de son journal ; M. de Blowitz, le redouté et influent correspondant du *Times* ; Caponi, le critique musical italien,
donne la recette d'un plat de macaroni à Niel, surnommé le maréchal ; Théodore Henry, correspondant
du *Petit Marseillais* ; Marcel Prévost, le fin romancier ; Portejoie, un aimable baryton ; Gibert, le chanteur humoristique et Xanrof, le spirituel chansonnier.

Du côté des financiers, j'aperçois MM. Thors, l'un
des triumvirs de la Banque de Paris ; Alfred Picard,
l'aimable Amédée Kahn, Rebouleau, Emerique, Four-
ton cadet avec son ami le grand Alexandre-ben-Nah-
mias. Voici Abéniakar, le dessinateur de l'*Illustration* ; la sémillante Bepoix, la superbe Mouquette de
*Germinal*, et la troublante Lina Munte ; Emilienne
d'Alençon se pavane dans une avant-scène en attendant sa rentrée sur scène. La gracieuse Eugénie
Fougère, Marion Delorme (oh ! mes aïeux !), Fanny
Robert, très en beauté et étincelante de diamants,
regrette ses succès de commère dans la Revue de
l'Eldorado, il y a deux ans. Suzanne Derval, une
blonde capiteuse, éblouissante de pierreries, est dans
une loge découverte comme ses épaules ; elle décrit

ses costumes de la commère de la revue des Menus-
Plaisirs à son amie, la non moins blonde Félicie
Hervil, une bicycliste de premier ordre. Ne jamais
parler à Mlle Derval *d'Hyères*, cela la chagrinerait.

Nathalie Lévy, directrice de la *Revue théâtrale
illustrée*, auteur de la *Bourse en 1890*, commande le
dessin de la pièce à Emmanuel Doré, un dessinateur
qui a le « chic ».

S. Bernard, secrétaire de l'*Officiel*, qui a toujours
une nouvelle politique... qu'il ne vous communique
jamais ; le sculpteur Steüer, auteur du buste de
Noblet ; Mme Deffontaine, la modiste qui coiffe tant
de nos jolies comédiennes (j'aimerais mieux les dé-
coiffer) ; Hamard, un vrai gentleman, mélomane,
mais pas wagnérien, la providence des bouquetières
des petits théâtres. Pliquet du *Télégraphe* fait des
signes à l'aimable et jeune Tamburini, qui ne chante
pas comme son père, mais qui a la plume très légère.

Henri de Weindel, du *Paris,* dans un groupe où
s'agitent Audran, Boucheron, Gandillot et Mars,
explique la crise théâtrale, que ces messieurs n'ad-
mettent pas. C'est aussi l'avis de d'Ennery, toujours
jeune et alerte. Émile Mendel parle villégiature
à Jules Lévy, celui-ci lui répond par des incohé-
rences qui ahurissent le directeur du *Nain jaune* et
A. Montégut, de l'*Intransigeant*, l'ex-secrétaire du
Théâtre-Libre, devenu aujourd'hui un des leaders
des réunions publiques.

Arrêtons là cette nomenclature ; M. Lafare, directeur du *Tout-Paris*, dirait que je piétine dans ses
plates-bandes.

# PHYSIONOMIES PARISIENNES

---

DIRECTEURS ET SECRÉTAIRES DE THÉATRES

CRITIQUES — SOIRISTES

ÉCHOTIERS — PROFILS D'ACTRICES

# DIRECTEURS DE THÉATRES

## BERTRAND. — **Opéra**.

Les Variétés étant trop petites à ses hautes am-
bitions, a voulu l'Opéra et l'a obtenu sans aucune
difficulté. Y a gagné le ruban rouge.

A repris dignement les traditions de M. Perrin,
quelque peu oubliées par les directions précédentes,
en montant *Salammbô* notamment, avec une merveilleuse splendeur. Nul ne s'entend mieux que lui
aux richesses des mises en scène, à la somptuosité
vraie des costumes.

Sa vie : sorti du Conservatoire où Provost fut
son maître, joua à l'Odéon, partit en Amérique où
se révélèrent ses intentions directoriales. Les a affir-
mées à Lille d'abord, où il dirigea deux théâtres ; prit
les Variétés qu'il tint sans cesse dans la voie du
succès.

Quoique directeur de l'Académie nationale, avoue
ingénuement que la musique ne l'enthousiasme pas ;
se contente, du reste, d'être un excellent administrateur, et se repose des questions artistiques sur
Campo-Casso et Colonne, son bras droit et son bras
gauche.

## JULES CLARETIE. — **Comédie-Française**.

L'homme le plus affable et l'administrateur le
plus courtois. Quand il a quelque chose à vous re-

6

fuser — ce qui lui arrive d'ailleurs le plus rarement possible, — le fait avec une si exquise urbanité qu'il n'y a pas moyen de lui en vouloir.

Tête fine, distinguée, bienveillante.

Académicien.

A fait, en acceptant la direction du Théâtre-Français, de gros sacrifices littéraires, puisqu'il renonçait, au moins momentanément, à ses succès d'auteur dramatique et de journaliste littéraire. Prend sa revanche en écrivant, pour les solennités patriotiques, de beaux vers que récitent ses pensionnaires.

Très aimé du plus grand nombre, est cependant critiqué avec fureur par quelques-uns. Ne répond aux attaques qu'en essayant de faire toujours mieux et de contenter tout le monde, ce qui n'est pas fort aisé.

S'aperçoit de la difficulté qu'il y a à diriger sur une mer que le fameux édit de Moscou a semée de récifs, un bateau comme le sien, où tout le monde prétend commander, et où l'autorité du capitaine est mal définie. S'en tire cependant sans avaries, en très habile pilote qu'il est.

Sa devise : Plus fait douceur que violence.


## CARVALHO. — **Opéra-Comique.**

A parcouru bien du chemin depuis le soir de 1849 où il débutait dans le rôle de Scapin, du *Gilles ravisseur* de Grisart.

Un veinard. Trouvait, en prenant la direction du Théâtre-Lyrique du boulevard du Temple, vers

1862, dans les cartons de son prédécesseur, qui venait de faire faillite, cette *Fanchonnette* qui obtint le colossal succès que l'on sait.

A tour à tour dirigé d'autres scènes, le Nouveau-Lyrique de la place du Châtelet, le théâtre du Caire, le Vaudeville, enfin l'Opéra-Comique, où il succéda à Camille du Locle.

Au physique, un homme assez grand, la figure colorée, encadrée de deux larges favoris blancs : l'air d'un insulaire britannique.

Très autoritaire, cassant même parfois, mais bonhomme au fond.

A monté de nombreux drames lyriques, mais a un penchant tout particulier pour les pièces d'auteurs consacrés, les grandes pièces classiques des Mozart et des Weber.

## MARCK et DESBEAUX. — **Odéon.**

Deux sympathiques. Le premier, ami de Sarcey, a joué longtemps la comédie. C'était le Got odéonnesque. Je l'ai vu dans ses nombreuses tournées en province, où il récoltait bravos et billets de banque. Était remarquable dans *Jean Baudry* qu'il joua avec Mlle Sarah Rambert, retirée du théâtre, et qui a pris sa retraite en Belgique. Un homme simple et tout à son art.

Son associé, Émile Desbeaux, est tellement connu de tous, que je crois inutile de lui consacrer un long article. J'aurai tout dit en constatant qu'il est aimé universellement et d'une urbanité parfaite.

## POREL. — **Grand-Théâtre.**

Gros. De fortes moustaches. Des yeux petits, vifs, clignotants, malins. L'air bon enfant.

D'une intelligence rare. D'acteur de talent est devenu à l'Odéon un directeur excellent. A acclimaté au second Théâtre-Français, par des essais timides d'abord, plus osés ensuite, la musique dont il est fanatique.

Trop à l'étroit dans le cadre un peu restreint du théâtre subventionné, a fondé le Grand-Théâtre où il pourra s'adonner librement à sa passion favorite. Un admirable metteur en scène, possédant à fond la science du décor.

Etait très populaire au quartier Latin d'où beaucoup ne l'ont pas vu partir sans regrets.

Signe particulier : n'est pas aimé de Bergerat.

## ALBERT CARRÉ. — **Vaudeville.**

Un heureux auquel tout sourit. Sa bonne fortune date de l'époque déjà éloignée où il prit en été la direction du Vaudeville avec son camarade Dieudonné, pour faire représenter le *Procès Vauradieux*, de joyeuse mémoire. Cette pièce ramena la foule et la prospérité au théâtre de la Chaussée d'Antin, et M. Albert Carré, vaudevilliste à ses heures, devint l'associé de Raymond Deslandes. En été, M. Carré était le directeur du théâtre du Cercle à Aix-les Bains, ce qui est une nouvelle façon de se reposer

des fatigues de l'hiver. Il a fait représenter à Aix
des pièces inédites, et n'y a laissé que d'unanimes
regrets lorsqu'il a dû passer la main à d'autres,
obligé de se consacrer tout entier au Vaudeville,
dont il est maintenant le seul directeur.

Capitaine de réserve, M. Carré conduit sa troupe
au Vaudeville avec autant d'entrain et de discipline
que sa compagnie au régiment.

Un sympathique, un homme plein de tact, qui n'a
pas un ennemi.

## VICTOR KONING. — Gymnase dramatique.

Fit ses premières armes, comme journaliste, à
l'âge où le plus souvent on passe son bachot. Il
inaugurait une nouvelle manière, dans ses échos vifs,
alertes, incisifs ; il collabora successivement au
*Diogène*, au *Figaro* et au *Nain jaune*. Auteur dramatique, il a donné sur diverses scènes parisiennes
nombre de pièces en collaboration avec Crisafulli,
Grangé, Clairville, dont certaines eurent un succès
retentissant et durable : qu'il nous suffise de citer
dans le nombre la *Fille de Madame Angot*.

Secrétaire général du Châtelet, puis directeur de
la Gaîté, et ensuite de la Renaissance, il lança ces
deux étoiles : Jeanne Granier et Mily-Meyer avec
*Giroflé-Girofla*, la *Petite Mariée*, le *Petit Duc*, la
*Marjolaine*, etc.

Après dix années où la veine ne lui fit jamais défaut, a pris le Gymnase dont il a fait la salle la plus
confortable, la plus luxueusement élégante comme

une des plus à la mode du Paris moderne. Il y a trouvé
des triomphes éclatants comme *Serge Panine* et le
*Maître de Forges*. Il y attire le public le plus aristo-
cratique pour applaudir les artistes les plus en
vedette. Ceux qui connaissent à fond Koning savent
que sous la brusquerie énervée de ses dehors se
cache le cœur le meilleur : tous ceux qui savent
juger un homme rendent justice à sa vaillance et à
son activité.

Koning a pour bras droit, comme caissier dans le
jour et contrôleur en chef le soir, l'aimable Lorimey,
l'inventeur des *Fauteuils-debout* et du *Plus que le
maximum*.

## ÉMILE ROCHARD. — **Porte-Saint-Martin.**

Un audacieux. A d'abord écrit au *Gil Blas* où il
fit l'Echo dramatique ; secrétaire de Castellano au
Châtelet, lui succéda et fit jouer le *Tour du Monde*
et *Michel Strogoff*. La *Mouche d'Or* fut également
un grand succès, et pendant deux cents soirées
consécutives on accourut des quatre coins de Paris
pour voir s'envoler dans les frises miss Ænea. Je
raconte dans les soupers de centième la fête nautique qu'offrit à la presse Rochard, pour fêter son
anniversaire. Gagna beaucoup d'argent. A l'expi-
ration du bail, fut en lutte avec M. Floury, qui
l'emporta de quelques billets de mille. Prit alors la
direction de l'Ambigu, y monta des pièces littéraires comme *Martyre*, des drames poignants comme
*Roger la Honte*, passa la main à Mme Zulma Bouffar

et prit la direction de la Porte-Saint-Martin. Y dépensa un fol argent pour en faire une salle fin de siècle. N'a pas été très heureux avec son corps de ballet, mais, ayant des amitiés sincères et dévouées dans son entourage et dans la presse, vaincra et surmontera tous les obstacles.

Alors ce ne sera plus Emile Rochard, mais Emile Richard.

## SAMUEL. — **Variétés.**

De son vrai nom Louveau. Dès sa prime jeunesse adorait le théâtre et était à la tête du Cercle Pigalle où il faisait — avec encouragement dominical de Francisque Sarcey — excellent accueil aux jeunes. Prit la direction de la Renaissance, où il fit jouer la *Parisienne*, et y laissa des plumes. Jura, mais un peu tard, qu'on ne l'y prendrait plus. Et c'est pourquoi succéda deux ou trois ans après à M. Bertrand, au théâtre des Variétés.

M. Samuel a des idées arrêtées, tient tête à la presse et au cercle de la critique. Soutient — et non sans raison — que le billet de faveur est la plaie des théâtres, mais est trop dur avec les vrais journalistes, ses amis, qu'il confond avec la tourbe des parasites. Et pourtant, du temps d'Israël, Samuel passait pour un excellent juge.

M. Samuel va en été à Luchon et fait des ascensions... sur son balcon de l'Allée des Bains.

Grand ami d'Antony Mars.

## DEBRUYÈRE. — **Gaîté.**

Je ne me rappelle pas M. Debruyère comme artiste, mais il paraît qu'il savait émouvoir et faire frissonner les spectateurs et surtout les spectatrices. Quand il prit la direction du théâtre Beaumarchais, il lui donna un lustre inconnu. La foule faisait ce long voyage pour venir applaudir la *Croix de l'Alcade* et le *Droit du Seigneur*, opérettes qui eurent toutes deux plus de cent cinquante représentations. Gagna de l'argent dans cette exploitation, puis passa la main à de moins malins que lui, qui tous y perdirent ; s'associa avec Larochelle pour prendre la Gaîté, et à la mort de celui-ci resta seul à la tête de ce théâtre municipal où la veine ne l'abandonna pas. Citons seulement le *Grand Mogol*, la *Cigale et la Fourmi*, le *Petit Poucet*, le *Voyage de Suzette* et la reprise fructueuse des *Cloches de Corneville* dont le tintement s'unit à celui des pièces d'or que le caissier remue à la pelle.

M. Debruyère ne se plaint pas de la crise théâtrale.

## ZULMA BOUFFAR.— **Ambigu-Comique.**

Mme Zulma Bouffar est, je crois, d'origine hongroise. Quand elle vint à Paris, elle débuta aux Bouffes dans un petit acte d'Offenbach, *Litzschen et Fritzchen*. Elle y obtint un énorme succès, surtout dans son duo :

Quand une Alsacienne
Truffe un Alsacien.

Comme elle détaillait avec esprit, au Palais-
Royal, son air des *Betits Palais*, dans la *Vie parisienne,* où elle créa la *Veuve du Colonel!* Elle chantait la tyrolienne comme pas une. Toutes ses créa-
tions furent autant de succès. Elle se retira il y a
quelques années du théâtre... C'était pour y revenir
en qualité de directrice de l'Ambigu-Comique.

Elle mérite d'être citée à l'ordre du jour pour
avoir reçu et équipé le *Régiment*; et battons un ban
en son honneur.

## O. DE LAGOANÈRE. — **Menus-Plaisirs.**

Tout comme MM. Colonne, Lamoureux et Taffanel, les trois chefs d'orchestre des grands Concerts
parisiens, M. de Lagoanère est né à Bordeaux, d'une
famille d'artistes. Mme de Lagoanère a été plusieurs
fois médaillée au Salon de peinture des Champs-Elysées, et sa sœur est une pianiste distinguée, premier
prix du Conservatoire. Compositeur émérite, a écrit
nombre de valses et de polkas qui sont restées gravées
dans la mémoire et.. dans le *Figaro musical* et autres
journaux de musique. Auteur de *Il était une fois,*
opérette en trois actes, de Jaime fils, représentée
avec succès en 1886 aux Menus-Plaisirs ; s'est si-
gnalé par sa belle conduite pendant le siège en
s'engageant, à dix-sept ans, au 30e régiment de
marche. A été tour à tour chef d'orchestre à l'Am-

bigu, à la Renaissance, aux Folies-Dramatiques et à la Porte-Saint-Martin sous la direction de la Grande tragédienne. L'activité faite homme ; dirige les répétitions et conduit son orchestre vraiment remarquable avec une maestria étonnante.

A pris la direction des Bouffes-Parisiens après le départ de M. Chizzola. Y a ramené le succès en faisant représenter successivement *Cendrillonnette*, l'*Enfant prodigue* et *Miss Helyett*. A mis en relief Biana Duhamel, Stella, Pierny, Marguerite Deval, Mealy et Rosalia Lambrecht. A transformé les Menus-Plaisirs en une véritable bonbonnière, et fait des efforts incessants pour ramener la vogue à ce théâtre, ayant à lutter contre le voisinage de trois cafés-concerts et de plusieurs théâtres du boulevard. Un artiste dans toute l'acception du mot. A fait partie du Syndicat des Directeurs pendant quarante-huit heures. Donna sa démission, car il tient à avoir de bons rapports avec la presse, qui devrait tenir un meilleur compte de ses louables efforts.

Finira par mettre dans le mille, car sa devise est :

*Labor improbus omnia vincit.*

A célébré la centième de *Toto*. Ne demande qu'à recommencer.

## MUSSAY ET LÉOPOLD BOYER. — **Palais-Royal**

M. Mussay, de son vrai nom Paul Bacharach, a brillé quelque temps dans la troupe des Variétés, où il tenait l'emploi des amoureux comiques. A pris la direction du Palais-Royal. Et comme il a en sa femme, Mme Céline Chaumont, une étoile de première grandeur, est heureux comme directeur quand elle joue le *Parfum;* est bien plus heureux comme mari d'assister avec elle aux premières dont ils sont tous deux fanatiques.

L'été dernier, on les voyait à Aix-les-Bains faire, après la douche obligatoire de Marlioz, le tour du lac du Bourget ou l'ascension du Revard. Tels deux jeunes époux s'égarant dans les gorges du Fier ou grimpant aux tours de César.

M. Léopold Boyer, le co-directeur, a gagné beaucoup d'argent à Bruxelles dans l'exploitation du Vaudeville, des Galeries Saint-Hubert, primitivement un café-concert. M. Boyer a une jolie propriété à Nogent, et adore les bords de la Marne : c'est le motif qui l'a engagé à vendre son théâtre pour diriger avec M. Mussay le Palais-Royal. Il peut ainsi, le dimanche, pêcher à la ligne et prendre du barbillon à son aise.

Les deux associés s'entendent très bien. Ils ont reçu à cabinet ouvert *Monsieur chasse!* et, avec cette pièce de M. Georges Feydeau, ils n'ont pas été bredouilles. Aussi sont-ils résolus à recevoir les manuscrits des jeunes, ce qu'il faut constater à leur louange.

## CHARLES MASSET. — **Bouffes-Parisiens.**

A succédé à M. Félix Larcher après avoir été un des meilleurs pensionnaires de l'Odéon (se rappeler

sa création d'Osip dans les *Danicheff*) ; a épousé Mlle
Largillière, une de nos étoiles de drame ; a organisé
des tournées fructueuses. L'été dernier, a été
nommé directeur du théâtre du Cercle d'Aix-les-
Bains. Aucun baigneur ne s'en est plaint !

## LERVILLE. — **Renaissance**.

Après avoir été le secrétaire de ce théâtre —
*Samuelo regnante*, — en a pris la direction. Y a
donné une reprise fructueuse du *Lycée de Jeunes
filles* (ne pas confondre avec le *Lycœum !*), et fait
jouer la *Femme à Narcisse* et *Mademoiselle Asmodée*
avec Mme Simon-Girard, et le *Brillant Achille* avec
Théo qui débuta à ce théâtre dans *Pomme d'Api*.

Frère de Lévy Delmare, jadis grand reporter au
*Gil Blas*. En quête d'un nouveau théâtre, puisqu'il
a cédé le sien à M. Léonce Détroyat pour cause de
théâtre lyrique. Une utopie !

## HENRI MICHEAU. — **Nouveautés**.

Tout jeune, M. Henri Micheau était déjà initié
aux choses de théâtre, car sa mère était directrice
du Parc, à Bruxelles, où elle fit — comme on dit en
langue brabançonne — sa pelote ! M. Micheau, préférant le boulevard des Italiens à la longue rue de
la Loi, s'associa avec Brasseur, et bientôt le théâtre
des Nouveautés faisait une ouverture brillante et
joyeuse avec *Coco*. Puis vinrent *Paris en actions*,
le *Jour et la Nuit*, le *Roi de carreau*, etc., etc.

Un beau jour, MM. Micheau et Jules Brasseur
firent concurrence — mais une concurrence loyale

— à leurs ascendants, en émigrant aux Folies-Dramatiques en qualité de co-directeurs. Là, ils ne se sentaient pas dans leur milieu, aussi lorsque Brasseur mourut, Henri Micheau revint aux Nouveautés, qu'il dirige seul maintenant et non sans habileté. Il a su nous donner la *Statue du Commandeur* — cette pantomime exquise, — la *Demoiselle du Téléphone*, la *Bonne de chez Duval*, et enfin *Champignol malgré lui*, le plus gros succès de l'année.

## A. VIZENTINI. — **Folies-Dramatiques**.

Un Parisien, un pur, malgré les dix années qu'il a passées à Saint-Pétersbourg en qualité de directeur du théâtre Saint-Michel. Fut d'abord secrétaire d'Offenbach au théâtre lyrique de la Gaîté, où il lui succéda et où il monta *Paul et Virginie*; créa un nouveau genre en y remontant avec éclat *Orphée aux Enfers*, et fit représenter le *Voyage dans la lune*; quitta Paris pour aller dans le pays des moujiks et du caviar. Revint fouler le pavage en bois parisien; administra pendant six mois les Variétés, et depuis bientôt deux ans dirige avec succès les Folies-Dramatiques : a célébré le centenaire de *Fanchon la Vielleuse*, et celui des *Vingt-huit jours de Clairette*. Ne s'en tiendra pas là.

## FLOURY. — **Châtelet**.

Là-bas, là-bas, sur ce vaste vaisseau commande, comme un capitaine sur son navire, M. Floury qui,

jadis, se contentait de brosser les décors — et non
sans talent. Associé de M. Paul Clèves, est resté
seul — moi seul ! et c'est assez, doit-il murmurer
*in petto* — à la tête de ce théâtre municipal, où il a
gagné de l'argent avec la reprise de *Michel Strogoff*.
N'aime pas beaucoup la petite presse. Pourquoi ?
C'est dans ces entreprises qu'on ne doit dédaigner
l'appui de personne. Ses prédécesseurs, MM. Castellano et Rochard, ne faisaient aucune distinction
entre les représentants de la République des lettres,
et ils s'en sont bien trouvés.

## LÉON MARX. — **Cluny**.

Un heureux, un satisfait, mais autrement que les
dessine Forain. A commencé par être secrétaire de
la Porte-Saint-Martin, puis de la Gaîté. Faisait à
cette époque la critique dramatique et les échos à la
*Lanterne*. N'avait pas besoin de l'allumer pour y
voir clair, et ce n'est pas lui qui aurait pris des vessies pour des lanternes. Très travailleur, a pris la
direction de Cluny, ayant comme associé M. Louis
Derenbourg, puis est resté seul à la tête de ce théâtre avec le succès comme associé permanent. A ra-
jeuni, repeint, redoré, éclairé à l'électricité cette
salle, qui reçoit la visite non seulement des rive-
rains, mais encore des boulevardiers. Quelque peu
rabelaisien en son langage, a souvent le mot pour
rire. Ses moyens le lui permettent. Inutile, je pense,
de vous rappeler son succès actuel : la *Tournée
Ernestin !*

## DONVAL. — **Nouveau-Cirque**.

Ancien artiste de drame, M. Donval est maintenant à la tête du Nouveau-Cirque, le plus prospère de ces sortes d'établissements. Très actif, très expert, M. Donval a eu toutes les chances, entre autres d'avoir des seconds comme MM. Rossi et Piétri, l'ancien contrôleur en chef des Folies-Bergère, des financiers dans sa manche, et tous les clubmen sur son livre d'abonnement. Aussi donne-t-il tous les ans à ses actionnaires un intérêt qui varie entre 75 et 80 0/0.

> Que de cirques, en ce bas monde,
> Ne peuvent en donner autant.

## MARCHAND. — **Folies-Bergère**.

Le neveu de M. et Mme Allemand est tout seul pour diriger cet établissement unique au monde. Aussi le voit-on aujourd'hui à Bruxelles, demain à Vienne ou à Lyon, après-demain à Londres, à la recherche d'une excentricité, d'un clou, d'un phénomène qu'il couvrira d'or. Se repose en été dans la magnifique propriété de Barbaut, qui appartient à M. Allemand, aux environs de Fontainebleau. Et quand, au bout de huit jours, il se promène en forêt ou pêche dans l'étang, une... *dépêche*

> Vient, d'un calme si doux, retirer ses esprits.

Il faut partir dare-dare à Trouville donner le coup d'œil du maître à l'*Eden*, cette grande distraction des baigneurs et des baigneuses. Au milieu de ses occupations multiples, je n'ai jamais vu M. Marchand manifester la moindre mauvaise humeur.

Et quand un journaliste en société vient passer sa soirée aux Folies, M. Marchand est désolé que toutes ses avant-scènes et ses baignoires soient louées et qu'il ne puisse offrir à son visiteur qu'une loge de balcon.

Un directeur de théâtre qui, au besoin, rembourserait le titulaire d'une baignoire en location pour faire une politesse à un représentant de la presse, n'est-ce pas le plus beau trait que l'on puisse citer dans les annales directoriales?

Aussi ne lui *marchande*-t-on pas les sympathies.

## CHELLES. — **Théâtre Moderne**.

L'artiste aimé de l'Ambigu et de l'Odéon (se rappeler sa belle création de *Jack* dans le drame de Daudet) a pris la direction du Théâtre Moderne, direction bien difficile. La salle de l'Alcazar est très coquette, les sièges en velours sont espacés, des tapis moelleux amortissent le bruit des pas. Ce petit théâtre n'a qu'un défaut: une seule galerie toute en longueur et en hauteur, et il n'est pas assez large pour contenir des baignoires. Malgré cela, M. Chelles, qui cultive la littérature, a déjà fait jouer des comédies modernes d'auteurs jeunes, et un mystère religieux, le *Christ*, qui attira pendant plusieurs mois, dans l'ancien asile de Thérésa, des congrégations religieuses de toute sorte, des prêtres en soutane, des ecclésiastiques. Y a fait jouer égale-

ment *Marie Stuart*. Quand il fait une belle recette,
il fredonne d'un air guilleret : « C'est dans l'nez
qu'ça m'chatouille... ». Souhaitons-lui qu'il répète
souvent ce refrain de la diva populaire, ce qui lui
arrivera avec la revue de MM. de Cottens et Ga-
vault.

### ALPHONSE LEMONNIER. — **Château-d'Eau.**

A souvent écrit au *Gaulois* des articles pleins d'humour. A collaboré à une foule de journaux hebdomadaires et écrit des revues locales qu'il faisait
jouer dans toutes les villes de province avec une
troupe dont Mme Riquet-Lemonnier, sa femme, était
l'étoile. C'est d'un bon mari et d'un bon impresario.
Après avoir été un directeur « estival » aux Variétés, à l'Ambigu, aux Menus-Plaisirs, est devenu
directeur « hivernal » du Château-d'Eau. A de ma-
gnifiques projets en tête, et rêve la transformation
complète de cette salle immense dont les destinées
ont été si variables.

### DESPREZ et BURNEY. — **Nouveau-Théâtre**

La direction de l'Elysée-Montmartre ne suffisant
pas à l'activité de M. Desprez, il a pris l'an dernier
la direction du Nouveau-Théâtre et du Casino de
Paris, son annexe. Dans le premier il a fait jouer,
après la pantomime de *Scaramouche*, une revue de
Catulle Mendès. Cette année, il a offert à ses abonnés et visiteurs *Rabelais*, une opérette-ballet de
MM. Dubust de Laforet et O. Méténier, musique de

M. Ganne, l'auteur de la célèbre *Boiteuse*. Au Casino
de Paris, où les attractions sont multiples, ont été
inaugurés les fâcheux confetti, qui ont ensuite fait
leur apparition aux bals de l'Opéra, pour venir tomber en manne peu céleste sur les promeneurs du
boulevard pendant les fêtes carnavalesques, lesquels
promeneurs trouvent la plaisanterie par trop grasse.

## BOSCHER. — **Déjazet**.

C'est M. Boscher, le bien inspiré, qui a accueilli
Gandillot, lequel à son tour a porté bonheur à
M. Boscher.

Et chaque fois qu'on fait le maximum avec *Ferdinand le noceur*, Gandillot de chanter à pleine
voix :

> Tout est beau chez
> Tout est beau chez
> Tout est beau chez.... Boscher!

N'aime pas les succès ébauchés : veut les pousser
jusqu'au bout.... et y réussit.

Rien, d'ailleurs, de feu son homonyme sénatorial.

## **Eldorado et Scala**.

Ces deux établissements sont, depuis un an, sous
la haute direction d'un administrateur habile et
compétent, M. Clément Brigliano, qui représente
M. et Mme Allemand. Ceux-ci ne pouvaient mieux
fixer leur choix. Aussi le succès de l'Eldorado et de
la Scala — administration unique, mais troupes dis-
tinctes — va-t-il toujours grandissant. Il serait trop

long d'énumérer les étoiles des deux sexes qui
ont défilé depuis dix ans dans ces deux salles,
mais qui ne se sont pas toutes éclipsées pour aller
briller au théâtre, comme Mmes Stella (nom prédes-
tiné !) et Méaly, actuellement commère applaudie
aux Variétés, après avoir fait ressortir l'*Article de
Paris* aux Menus-Plaisirs.

## BODINIER. — **Théâtre d'Application**.

L'ancien secrétaire de la Comédie-Française. A
fondé le Théâtre d'Application, où les élèves du Conservatoire s'habituent à affronter le public, et les
peintres nouveaux à exposer leurs toiles. On appelle
sa salle : la Petite Bodinière. Dirige le théâtre de la
Tour Eiffel, dans la belle saison.

## Cirques d'Été et d'Hiver.

Le directeur de ces deux cirques, où pendant vingt
ans M. Loyal fit claquer sa chambrière, est M. Franconi. Ce sont les seuls renseignements que je puisse
vous donner.

Le secrétaire est M. Fontanel, rédacteur au *Voltaire*, très aimable et qui ne demanderait qu'à être
toujours agréable à ses confrères.

# SECRÉTAIRES

### GEORGES BOYER. — **Opéra.**

Georges Boyer, chevalier de la Légion d'honneur.
Est le vice-doyen des secrétaires de théâtre, car à
vingt-deux ans il occupait déjà cette fonction à
l'Odéon, pour passer ensuite successivement à
l'Opéra-Comique, à la Renaissance, à la Porte-Saint-
Martin et au théâtre Ventadour : on aime le secrétariat ou on ne l'aime pas. Il est aujourd'hui secrétaire général de l'Opéra, situation enviée et enviable
qui n'est pas tout à fait une sinécure, car ce n'est
pas seulement avec la presse que le secrétaire général
doit être en relations, mais encore avec les abonnés,
qui sont autant de souverains dans un Etat rien
moins qu'indépendant. C'est surtout avant une
grande première, à la veille d'une répétition générale qui prend les proportions d'une solennité, que
M. Georges Boyer est écrasé sous le faix des
demandes. Son courrier se compose de quinze cents
lettres au moins, demandant toutes une ou deux
places. Il ne faut pas perdre la tête : mais M. Boyer
n'est pas un débutant. Il connaît son affaire, et il le
prouve surabondamment. D'aucuns trouvent peut-
être son abord difficile ; c'est le juger superficielle-
ment. Nous qui le connaissons mieux, nous savons
qu'il est au contraire d'une parfaite urbanité et que

ses confrères de la presse n'ont qu'à se louer de son
aménité. Mais un secrétaire, fût-il le plus libéral, ne
peut jamais contenter tout le monde. D'ailleurs, c'est
sa devise : *intus meliora!*

## GUILLOIRE. — **Comédie-Française**.

Guilloire, inspecteur général et secrétaire. Très
correct et de relations sûres. Ancien militaire, chevalier de la Légion d'honneur.

## ÉMILE DESBEAUX. — **Odéon**.

Il n'y a pas de secrétaire à proprement parler.
M. Émile Desbeaux, qui était secrétaire sous la
direction de M. Porel, cumule et continue à remplir
les mêmes fonctions. Et voici ce qui arrive souvent.
M. Desbeaux, toujours affable et qui ne fait jamais
faire antichambre, est parfois obligé de répondre
par la formule consacrée : « Impossible, mille regrets », mais, comme co-directeur, il accorde ce
qu'il a dû refuser comme secrétaire.

## HENRI JAHYER. — **Opéra-Comique**.

Un secrétaire modèle qui a élu domicile dans son
cabinet de l'avenue Victoria, où il reste confiné de
onze heures du matin à minuit. Prend à peine le
temps de déjeuner, dîne sur le pouce, envoie son
article à la *Cocarde*, fait une courte apparition dans
les autres théâtres les soirs de première et retourne

à son théâtre bien-aimé. Cousin de M. Carvalho, ne
voit rien au-dessus de l'Opéra-Comique. Comme secrétaire général, aime tout ce qui se joue à son
théâtre, classique ou moderne, vieux répertoire ou
nouveautés, opéras gais ou tristes. Quant aux
artistes, il les porte tous dans son cœur, aussi comment voulez-vous qu'on ne dise pas à Jahyer :

Enfant chéri des dames !

## ÉMILE ABRAHAM.— **Gymnase dramatique.**

Doyen des secrétaires, Émile Abraham fit ses premières armes par un intérimat à l'Opéra-Comique.
C'est là que Larochelle et M. Ritt vinrent le chercher, quand ils prirent la Porte-Saint-Martin, réédi-
fiée en 1872. De ce théâtre il passa à la Renaissance
dont il lui était loisible de devenir directeur au bout
d'un certain laps de temps et à certaines conditions.
Il n'usa pas de son droit : il abdiqua avant même de
ceindre la couronne et il passa au Gymnase comme
actionnaire et comme... secrétaire, tout modeste-
ment. Bien que ses importantes fonctions, qui
exigent de la délicatesse et du tact, soient assez
étendues, il ne s'est jamais qualifié de secrétaire...
général.

Journaliste, Émile Abraham fut attaché à l'*Entr'acte*, alors seul organe officiel des théâtres. Pendant de longues années, il rédigea la critique et le
courrier au *Petit Journal*. En même temps il écrivait
dans plusieurs autres feuilles, soit anonymement,
soit sous le pseudonyme d'Adrien Laroque. C'est

ainsi qu'il signa *Acteurs et Actrices de Paris*, dont
les éditions successives sont épuisées et qu'il rema-
niera cet hiver. Auteur dramatique, il a fait représenter, seul ou en collaboration, une quarantaine de
pièces : Citons seulement la *Cruche cassée* (celle de
l'Opéra-Comique, musique d'Emile Pessard); les
*Vacances de Beaulendon ;* les *Croqueuses de pommes*,
qu'un théâtre d'opérette doit reprendre; l'*Amour
d'une Ingénue* et le *Prince Toto*, restés à bien des
répertoires de province.

Dès la fermeture annuelle du Gymnase, Emile-
Laroque-Adrien Abraham se rend à Vichy ou bien
à Luchon, et, chez cette reine des Pyrénées (ainsi
disent les réclames), il aime à causer médecine avec
le docteur Léopold Fontan qui, lui, dans ses rares
loisirs, aime à causer théâtre. Il s'installe ensuite à
Saint-Gratien et y organise, au bénéfice des pauvres
de cette commune, une représentation toujours
brillante et fructueuse. A son appel, nos meilleurs
artistes viennent déclamer ou chanter sur la pelouse
qui fut chère à Catinat.

Emile connaît bien des anecdotes piquantes et
possède quantité de documents curieux relatifs aux
gens et aux choses de théâtre. Publiera-t-il ses souvenirs ? Se décidera-t-il, encouragé par des capita-
listes sérieux, à prendre une direction ?

Signes particuliers :

Cultive le domino ; se croit très fort, mais joue
comme une mazette ;

Partisan exalté de la crémation ;

Content et malheureux à la fois de ne pouvoir

donner maintenant que très peu de billets de faveur : content de réprimer un abus ; malheureux quand la demande émane d'une jolie solliciteuse. Abraham gémit alors de ne pouvoir faire un sacrifice. — Voilà, j'espère, un mot de la fin aussi spirituel qu'inédit !

## LÉON CARRÉ. — **Vaudeville**.

M. Albert Carré aime sa famille, aussi a-t-il pris comme secrétaire son frère, M. Léon Carré, qui est très.... rond.

## GEORGES BLAVET. — **Porte-Saint-Martin**.

Un des plus jeunes secrétaires. Très affairé, Georges Blavet fait la navette entre la Porte-Saint-Martin et le *Figaro*, où il écrit sous l'œil paternel du Monsieur de l'orchestre, dont il est le strapontin. Railleur, éminemment parisien, Georges tient de son père et a la répartie fine et parfois caustique.

## FERNAND LEFÈVRE. — **Gaîté**.

Echotier et rédacteur au *Rappel*. Une douceur inaltérable jointe à une grande fermeté. D'une politesse qui n'a rien de guindé, et très serviable. Un secrétaire qui a toute la responsabilité de son service et la haute main, car tout ce qui concerne le billet de faveur ou de service passe par lui. Quand M. Debruyère veut donner une loge à un ami, il demande à son secrétaire.... qui ne la lui refuse jamais. Aimé de tout le personnel, a été nommé, à l'unanimité, président de la Société de secours mu-

tuels des artistes de son théâtre. N'engendre jamais
la mélancolie, tel qu'il convient au secrétaire de la
Gaîté.

## JULES BRASSEUR. — **Variétés.**

Une figure sympathique. Jules Brasseur fut, du
vivant de son père, le secrétaire des Nouveautés,
puis il prit la direction des Folies-Dramatiques avec
M. Micheau, et après la mort de son père suivit, aux
Variétés, son frère Albert. Très distingué, l'allure
militaire (Brasseur doit être officier de cavalerie),
Jules Brasseur est à cheval... sur la consigne. Froid
avec les étrangers, très expansif avec les amis, et
il en a beaucoup.

## LIONEL MEYER. — **Nouveautés**

L'un des deux *Nicolet* du *Gaulois,* mettons que
c'est *colet,* mais il n'est *monté* que contre les
gêneurs. Trouve beau tout ce que fait M. Micheau.
Dans ses échos parle des Nouveautés, mais avec
mesure, ce qui est une grande preuve de tact. En
été, va à Luchon et aime escalader les cimes les plus
élevées. Prétend souffrir de l'estomac, et pourtant a
toujours la mine réjouie.

## VILLETTE. — **Bouffes-Parisiens.**

Nullement parent du dessinateur, M. le comte
Gustave de Vilette s'est fait journaliste par amour
de l'art. Ecrit dans le *Gil Blas.* A lâché *la particule,*

de par la volonté de *miss Helyett* et de sa sœur *Sainte-Freya*, pour écrire : *Impossible, mille regrets.* Homme du monde, très aimable et très affable.

## G. MATHIEU. — **Folies-Dramatiques.**

Beau-frère de M. Cantin, à peine vingt-cinq ans, a déjà été secrétaire aux Bouffes-Parisiens, actuellement donne ou refuse des billets aux Folies-Dramatiques. Petit, moustache blonde, le type adouci d'un enfant du Nord, le sourire moqueur, n'aime pas les solliciteurs. Passe pour ne pas être très tendre dans ses largesses. Ne dit pas à tout le monde qu'il n'est pas toujours le maître de la situation. Pour ses amis qui le connaissent bien, n'est nullement poseur. D'aucuns prétendent le contraire... ce ne sont pas les amis. Est pour l'alliance Franco-Russe, car il est né d'une mère russe et d'un père Français.

## EDMOND BENJAMIN. — **Menus-Plaisirs.**

On lit dans la *France nouvelle* : M. Edmond Benjamin, secrétaire général des Menus-Plaisirs.

Voilà une silhouette intéressante, amusante et agréable à dessiner! Benjamin est peut-être, de tous ses collègues, celui qui connaît le mieux le monde théâtral. — Il sait avec un tact infini contenter les critiques et les soiristes, et le beau sexe trouve toujours un coin disponible dans une salle préparée par lui.

Après avoir secrétarié au concert Parisien, à

l'Ambigu, au Vaudeville, il a passé aux Menus-Plaisirs.

Comme homme de lettres, il a fait paraître, en collaboration avec M. Henry Buguet, les *Coulisses de Bourse et de théâtre*, *Paris enragé*, *l'Univers dans Paris*, actualités parisiennes, dont le succès fut très vif.

Depuis dix-sept ans, rédacteur en chef de la *Revue théâtrale illustrée*, de la *Finance pour Rire*, collaborateur à la *Nouvelle Chronique* et à la *Jeune Garde*, correspondant du *Bavard* de Marseille, de la *Vie Moderne* de Nice et de l'*Avenir* d'Aix-les-Bains, les deux stations à la mode.

A fait la critique dramatique à l'*Avenir national*, et à la *Petite République radicale*; fut rédacteur au *Nain jaune*.

*Signes particuliers.* — Très prompt à la riposte, désire être maître absolu de sa feuille de première, court de la brune à la blonde. Aimé pour lui-même. Cela tient peut-être à son nom.

M. VARET.

## MAURICE PEYROT. — **Renaissance**

Maurice Peyrot, rédacteur à la *Nouvelle Revue*, n'aime pas beaucoup écrire. Un bon garçon, pas poseur, figure épanouie, très fort au bezigue ou à la manille, on n'a jamais pu savoir. Restera secrétaire général de M. Détroyat, qui ne pouvait pas faire un meilleur choix.

## BOYER. — **Palais-Royal**.

M. Boyer, directeur, remplit les fonctions de secrétaire avec amabilité. (Voir aux directeurs.)

## AMÉDÉE DE JALLAIS. — **Ambigu**.

Le plus âgé des secrétaires. Un émule du marquis de Bièvre. Il y a vingt-cinq ou trente ans, était le fournisseur attitré des Folies-Dramatiques, des Délassements Sari, des Folies-Marigny et du Théâtre Déjazet. A fait des revues avec Ernest Blum et Flan, qui ont eu toutes du succès. Auteur des fameux *Canotiers de la Seine* et d'*En classe, mesdemoiselles*, avec lesquels il mit dans le mille. Fut directeur avec Léon Beauvallet du célèbre (!) théâtre Taitbout, où se donnèrent tant de pièces à femmes, égayées par les spectateurs qui parfois tournaient le dos aux artistes et faisaient des ovations aux confrères en retard. Y a fait jouer la *Cruche cassée* avec Céline Montaland. Fut un assidu du café de Suède, où il jouait comme pas un au piquet. Pêchait à la ligne quand il habitait Asnières. Consacre ses loisirs à dessiner. Grand ami de M. Renard, quand il était directeur de l'Eldorado, y fit jouer des saynettes, des revues, et y perpétra de nombreuses chansonnettes. Quoique ne faisant pas partie du Caveau, est un de ses représentants les plus gais. On lui demandait un jour pourquoi dans les réunions intimes il était toujours le dernier à partir? Pour être sûr, répondit-il, que l'on ne dise pas de mal de moi!

## Cluny.

Pas de secrétaire. Notre ami Léon Marx y supplée. Du reste, il a si peu de billets de faveur à donner, qu'il peut bien, deux fois par an, faire lui-même sa feuille de première.

## Nouveau-Théâtre.

Le secrétaire est M. de la Neuville, du *Gil Blas!*

## Châtelet.

M. Edmond Floury est le lieutenant de son père.

## Château-d'Eau.

M. Lemonnier, neveu, est le lieutenant de M. Alphonse Lemonnier...

## Déjazet.

Pas de secrétaire.

## DEGLISE. — Théâtre-Moderne.

Le secrétaire de M. Chelles est l'aimable Deglise, rédacteur au *Petit Parisien*. Lorsqu'il quitte à minuit son cabinet, c'est pour se rendre rue d'Enghien où jusqu'à deux heures du matin il rédige des échos, viols, assassinats, vols et incendies, mais avec une plume experte et tel qu'il convient à un aimable Parisien.

## ROSSI. — **Nouveau-Cirque**.

Avait d'abord été secrétaire général de l'Éden-Théâtre sous la direction de M. Plunkett, qui n'a jamais professé de grandes tendresses pour la presse (on sait que M. Plunkett, pendant sa longue direction au Palais-Royal, était à couteau tiré avec Villemessant, et que le *Figaro*, du vivant de son fondateur, ne parla jamais du théâtre de la rue Montpensier, M. Rossi, au Nouveau-Cirque, est secrétaire et administrateur général. Il est le secrétaire le plus charmant, le plus *select* de ce cirque qui est le rendez-vous du Tout-Paris élégant qui s'amuse et du dessus du panier des cercles. M. Rossi est toujours accessible et d'une excessive politesse.

## MAXIME GUY. — **Eldorado et Scala**.

Le grand Maxime Guy, qu'on voit si souvent en tenue militaire — soldat de deuxième classe, s'il vous plaît! — cumule le secrétariat des deux concerts. Il traverse quatre fois par jour la chaussée du boulevard de Strasbourg. Quand on lui demande des billets pour l'Eldorado, il en donne pour la Scala et *vice versa*. Auteur d'un grand nombre de chansons, revues, pièces et parodies, dont plusieurs : les *Étapes de la Chanson*, *Paris-Mutuel*, *V'là l'Métro qui passe*, *Fransonillon*, le *Sang des Gélinard*, etc., sont devenues centenaires. A présenté dernièrement à nombre de directeurs un *Gille de Rais*, qualifié d'*horrible* par ceux-ci, et dont la presse s'est, quoique *refusé*, plus occupée peut-être que de telle pièce pourtant représentée. Vient de décrocher la timbale à Bruxelles avec une revue : *Bruxelles-Greenwich*, le plus grand succès dans ce genre qu'ait applaudi la capitale du Brabant. Est également rédacteur au *Paris-Joyeux*. Bon, très bon garçon, très aimable et très apprécié. Signe particulier : débrouillard et d'une rare activité.

## CHARLES AKAR. — Théâtre d'Application.

M. Akar a collaboré à divers journaux, notamment à l'*Événement* ; il est également auteur de pantomimes et de saynettes. Sa dernière œuvre : l'*Heureuse rencontre*, en collaboration avec Roger Milès, a obtenu un grand succès au théâtre du Casino de Paris.

## Moulin-Rouge. — Montagnes-Russes.
## Jardin de Paris.

Depuis la retraite de M. Zidler, M. Oller dirige seul ces trois établissements. Le secrétaire des Montagnes-Russes est M. Gros, que l'on voit à toutes les premières. Petit de taille, Gros a cet avantage de pouvoir se faufiler partout, ce dont personne ne se plaint.

A succédé également au Moulin-Rouge à M. Cellarius, le fils du fameux maître de danse, un connaisseur pour tout ce qui concerne le ballet. Le prouve dans tous les articles qu'il donne au *Gil Blas* en l'honneur de Terpsichore.

# JOURNALISTES

ÉMILE BLAVET (Parisis). — *Figaro.*

Le Monsieur de l'orchestre du *Figaro.*

Pour succéder à Arnold Mortier, il fallait une plume autorisée et un esprit bien parisien. Qui, mieux qu'Emile Blavet, pouvait recueillir ce lourd héritage? Jamais méchant, à peine effleure-t-il d'une touche légère les travers de ses contemporains. Bien informé, toujours il tient ses lecteurs au courant de tous les événements saillants qui méritent d'être relatés. Auteur du *Fils de Porthos*, joué à l'Ambigu cent vingt fois. Il a donné encore l'*Oncle Barbassou* et le *Voyage au Caucase*, avec Fabrice Carré, l'auteur-avocat, tellement habitué au maximum des recettes qu'il fait condamner ses clients à plus que le maximum.

A fait représenter jadis avec Salvayre, au théâtre lyrique de la Gaîté, le *Bravo*, qui lui en valut de nombreux, et il y a deux ans, au théâtre municipal de Nice, toujours avec Salvayre, *Richard III.*

Très mondain, dans la bonne acception du mot, Émile Blavet ne dédaigna pas jadis d'organiser des fêtes de charité qui, sous son habile direction, eurent de retentissants succès.

Lors du tremblement de terre d'Ischia, la fête qui eut lieu dans le jardin des Tuileries, sous ses aus-

pices et celles de H. Barthelemy, eut un tel éclat que
le dimanche suivant on dut en rééditer, au profit des
pauvres de Paris, une deuxième représentation. C'é-
tait, en effet, une véritable « représentation », étant
donné le nombre des artistes de tous les théâtres
qui y prirent part. La recette fut colossale, et les
Italiens, nos *amis*, reçurent une obole que je quali-
fierais de royale si nous n'étions pas en République.

C'est lui également qui organisa avec succès, il y
a trois ans, la fête de Paris-Anvers, au Palais de
l'Industrie.

Tous les ans, Blavet fait paraître en un élégant
volume, chez Ollendorff, la *Vie parisienne*, dans lequel il extrait le plus subtil de son esprit. Que d'auteurs, avec ce qu'il laisse de côté, auraient pu se
tailler un joli succès en librairie.

Tout soiriste qui se respecte a un secrétaire attitré. Celui qui aide Blavet dans ses multiples occupations n'est autre que son fils, Georges, un jeune et
aimable confrère, le vrai second de son père, dont il
a tout l'esprit.

## FRANCISQUE SARCEY. – *Temps.*

Toujours au premier rang des fauteuils de balcon,
rayonnant de santé et de belle humeur derrière le
triple rang de verres de ses lunettes et de sa lorgnette qu'il ne quitte guère. On peut suivre sur sa
physionomie toujours expressive la marche de la
pièce. Fronce-t-il les sourcils? il y a quelque chose
qui cloche. Se renverse-t-il en arrière dans le brus-

que éclat d'une gaîté sonore, la situation est d'une drôlerie irrésistible ou le mot d'un comique achevé. Il est le réflecteur des impressions des spectateurs.

Le dimanche soir, dans le *Temps*, il nous dira son appréciation avec une franchise, une indépendance, une bonne foi, qui constituent sa force. Il l'écrira dans un style facile, avec un laisser-aller plein de bonhomie, au courant de la plume. Sans doute, il pourra, comme les autres, se tromper. Qui donc est infaillible? Mais il aura dit du moins sa pensée pleine, entière, sans réticences.

Au premier coup d'œil, il découvre les défauts et les qualités d'une pièce. Ce à quoi il tient surtout, c'est au fond. La forme ne vient qu'ensuite.

Si Sarcey a l'oreille du gros public, c'est, en quelque sorte, qu'il lui appartient. Il est le bourgeois lettré, à l'esprit libre, qui sait comprendre toutes les beautés et toutes les finesses des grandes comédies, et prendre en même temps une joie très vive aux manifestations moins sérieuses de l'art théâtral. Le critique du *Temps* est libéral — absolument — et, pourvu que la pièce soit bonne, intéressante, il lui importe peu de savoir ou de quel genre ou de quelle école elle procède.

Une phrase dans son feuilleton vaut autant, sinon mieux, comme effet, que vingt lignes dans un autre ; aussi attend-on, dans le monde des théâtres, avec une grande impatience, la sentence dominicale qui a déjà été discutée, du reste, autour de sa table hospitalière, à ces fameux déjeuners dont on pourrait dire qu'ils sont une « conférence culinaire ».

## RAOUL TOCHÉ (FRIMOUSSE). — *Gaulois*.

Auteur dramatique dont les succès ne se comptent plus, fidèle collaborateur d'Ernest Blum, Toché varie ses *soirées* à la grande joie de ses lecteurs. Primesautier et tournant le couplet avec élégance, il trousse même, et lestement, une chronique en vers... Je ne dis pas et contre tous ! Donne des articles très appréciés à l'*Echo de Paris*. Fin, subtil, boulevardier ; un vrai... Gaulois, bien moderne. A une prédilection marquée pour Bougival, dont il devient l'hôte assidu, dès le renouveau de la nature.

## DE SAINT-GENIÈS (RICHARD O'MONROY)
### *Gil Blas*.

Fine moustache, l'air crâne, Saint-Geniès fait dans le *Gil Blas* une soirée pimentée que je ne conseillerai pas aux jeunes filles de lire (c'est pourquoi elles la lisent en cachette). Ne se contente pas de déshabiller les actrices (au figuré), mais trouve le mot dont la raideur ne saurait m'offusquer. Ecrit également, sous le pseudonyme de *Pompon*, des variétés pour lesquelles il n'aura jamais le prix Montyon. N'est pas graveleux pour cela, au contraire, mais connaît bien son époque et sait qu'au fromage à la crème on préfère de nos jours le roquefort

avancé. Fait paraître tous les six mois un volume
de nouvelles. Son dernier, *Mme Manchaballe*, est un
pendant amusant à *Mme Cardinal*, de Ludovic
Halévy.

## HENRY FOUQUIER. — *Figaro.*

Très aimable. Toujours souriant derrière son
pince-nez. Un député. Mais mieux qu'un député, un
excellent écrivain. Le chroniqueur le plus fécond,
le plus intarissable, en même temps que le plus intéressant. Psychologue aimable, sous le pseudonyme
de Colomba (*ex*-Colombine), s'amuse surtout dans
ses chroniques de l'*Écho de Paris* à étudier la
Femme (avec un grand F), prétend la connaître, ce
qui n'aurait rien de trop étonnant, il l'a tant prati-
quée! Sait mener en même temps, et cela de la
façon la plus aisée : 1° la rude besogne du chroniqueur (dix articles par semaine, le public, même du
Midi, en est si friand !) ; 2° celle du critique (huit
premières par semaine et autant de répétitions générales); 3° celle d'homme politique. Est tout désigné
pour faire partie, à la Chambre, de la Commission
théâtrale où son expérience en la matière est fort
utile à ses collègues.

Est passé du *XIXᵉ Siècle*, où il faisait la critique,
au *Figaro*. Il y a pris la place d'Albert Wolff, et
l'occupe avec une incontestable autorité. De son
style facile et captivant, il agrémente l'analyse des
pièces de toute la science de son inépuisable érudi-
tion. Assez indulgent.

Détail particulier : N'a jamais écrit un acte. Est-ce pour cela qu'il juge si bien ceux de autres ?

## HECTOR PESSARD. — *Gaulois.*

Chevalier de la Légion d'honneur, président du Cercle de la critique, dont tous les membres sont ses enfants chéris. Critique du *Gaulois*, rend des arrêts justes mais sévères. Aime tous les genres, sauf le genre ennuyeux.

Défend énergiquement les droits des critiques ; a lutté victorieusement contre les directeurs au sujet des répétitions générales, lesquelles, par parenthèse, l'ennuient généralement ; car il lui faut quitter le coin de son feu alors qu'il lit une œuvre nouvelle, ou les allées ombreuses d'un jardin, au commencement du renouveau, pour venir préparer son article sur une pièce parfois insipide. Rédacteur en chef de l'*Étendard*, collaborateur du *Petit Marseillais*, toujours au travail. Érudit qui aime les jeunes... quand ils l'amusent.

Auteur des *Petits Papiers*, deux volumes qui ont fait un certain bruit dans le monde.

## LÉON KERST. — *Petit Journal.*

En quelques phrases, car la place lui est très mesurée, Léon Kerst analyse une pièce, la critique, détaille le jeu des acteurs, la physionomie de la salle, et ses lecteurs en savent autant quand ils ont lu son article que s'ils avaient vu la pièce. Bien

7

entendu, auteurs, directeurs et interprètes de l'œuvre se jettent sur le *Petit Journal* avec une fébrile impatience. Pensez donc ! un million d'exemplaires : pas de commentaires.

M. Kerst dirige avec habileté le *Journal Illustré*. Chevalier de la Légion d'honneur.

## HENRY BAUER. — *Écho de Paris.*

Alceste. Un misanthrope dont la sévérité habituelle s'accommode du rire parisien, mais qui dédaigne de condescendre aux tempéraments et aux atténuations conventionnelles. Il paraît ne prendre qu'un médiocre plaisir aux vaudevilles, aux opérettes, aux revues; il les entend par devoir, et quand il en parle c'est en regrettant que le théâtre ne soit pas consacré exclusivement au grand Art. Aussi dans ses articles, le plus souvent très courts, ne donne-t-il que son impression personnelle, sans souci aucun de refléter celle du public. Écrivain nerveux, serré, très mordant, très âpre et aussi très pittoresque, s'il se montre critique pessimiste et redoutable, c'est peut-être qu'il mesure un peu trop les œuvres qu'il juge à la puritaine altitude de son propre idéal. Ses *Grands Guignols parisiens*, qu'il publie dans l'*Écho de Paris*, attestent une rare vigueur de pensée et de satire : s'il les réunit en volume, leur place est assurée d'avance dans toutes les bibliothèques. Sa rudesse, d'ailleurs, est tout en dehors: dans l'intimité, Bauer est un bon vivant et un causeur aussi aimable que spirituel.

## JULES LEMAITRE. — *Débats.*

Une plume fantaisiste et légère. Un esprit subtil,
fin. Un styliste incomparable à la phrase imagée et
élégante. Prend une loupe pour examiner les œuvres,
les détaille, les analyse pièce par pièce, comme un
horloger ferait d'une montre.

Il s'occupe peu de l'action. Il préfère étudier le
caractère des personnages, donner le pourquoi des
faits et gestes, établir en quelque sorte leur psychologie. Les pièces pour lui ne sont qu'un prétexte : il part d'elles, mais sait-on jamais jusqu'où
il mènera son lecteur, charmé de la grâce de sa
phrase, de la finesse de son ironie et de la fantaisie
brillante de son récit ?

Auteur dramatique, a donné dernièrement le
*Député Leveau,* qui obtint un si gros succès au Vaudeville et où il a pu, clown admirable du style, faire
briller à son gré toutes les nuances variées de son
talent merveilleux.

Ira certainement retrouver à l'Académie ses ca-
marades de « Normale ».

## HENRY MARET. — *Radical.*

Il ne s'agit pas de l'homme politique, du député,
du rédacteur en chef du *Radical;* je parle du critique érudit, du courriériste spirituel qui, sous le
pseudonyme d'Aramis, a écrit des chroniques si
parisiennes et si fines dans le *Gil Blas.* M. Maret
est radical, chacun sait ça ; mais en même temps il

est libéral, peut-être le plus libéral de la Chambre, tant il est partisan de la liberté. Chacun peut ne pas partager ses opinions ; mais chacun rend justice à ses aimables qualités et à son affabilité. Dans tous les partis, M. Maret ne compte que des appréciateurs de son talent et des amis de son caractère.

## GEORGES BOYER. — *Figaro* et *Entr'acte.*

Est sans contredit le plus envié des courriéristes de théâtre. C'est lui qui, au *Figaro*, a succédé à Jules Prével. Secrétaire général de l'Opéra, Boyer fait depuis longtemps le supplément littéraire du *Petit Journal*. Entre temps écrit des poèmes, dont l'un a été couronné par l'Académie. C'est un piédestal qu'il occupe au *Figaro*. Est le mieux renseigné pour les nouvelles de théâtre. Un auteur a-t-il une pièce reçue ? Un ou une artiste est-il ou est-elle engagé ou engagée par un directeur ? Une décoration est-elle accordée à un simple pianiste ?.... Vite, allons l'annoncer à Boyer. Aussi est-il craint, béni ou honni, porté au Pinacle ou voué aux Gémonies, suivant qu'il publie un écho favorable ou défavorable à celui-ci ou à celle-là. Boyer, comme tous les petits hommes, est très actif, très remuant. Il aime son métier. Aussi remplit-il son mandat avec une rare conscience. Et puis, ce qui ne gâte rien à l'affaire, la position est bonne, et mieux vaut être l'échotier du *Figaro* que préfet, car il n'y a jamais de changement de gouvernement dans le journal fondé par Villemessant et si bien dirigé maintenant par M.

Francis Magnard. Est chevalier de la Légion d'honneur et officier de l'instruction publique.

## ALFRED DELILIA. — *Paris.*

Fait la soirée au *Paris* avec une verve gouailleuse, mais non sans quelque rudesse. Ne mâche
jamais ses mots et ne tient aucun compte des criailleries pour lâcher crûment les vérités.... à celle-ci,
qu'elle a plus de mollet que de talent, à celui-là,
qu'il est dénué d'orthographe. Au demeurant, très
serviable, sous une apparence froide et parfois
goguenarde. J'ai déjà dit qu'à ses heures Delilia est
auteur, et auteur applaudi. Je n'en veux pour preuve
que le succès qui a salué l'an dernier sa revue :
*Que d'eau! Que d'eau!* en collaboration avec Jules
Jouy, aux Menus-Plaisirs, et celui qui attend cette
année, au même théâtre, celle qu'il vient d'écrire
avec Paul Ferrier. A pris comme pseudonyme le
nom de Georges Davray pour signer ses Echos de
théâtre au *Paris*, qu'il soigne et qu'il agrémente de
petites poésies.

## VICTORIN JONCIÈRES. — *Liberté.*

Chevalier de la Légion d'honneur. Auteur applaudi
de *Dimitri*, de la *Reine Berthe*, du *Chevalier Jean*,
qui ont été représentés sur toutes les grandes scènes
lyriques du monde entier. Eclectique, aime autant
la grande musique que la musique légère. Autrefois,
affectait un certain dédain pour l'opérette, qu'il
revoit trois et quatre fois — quand elle est amu-

sante — en compagnie de ses fils. Etait un ami et
un admirateur d'Offenbach. Esprit primesautier,
aime, avant son article du dimanche soir dans la
*Liberté*, faire la soirée ou des échos toujours frais
et inédits, sous le pseudonyme de Chrysale. Apprécie
le calembour et les à-peu-près. Un honnête homme
doublé d'un homme de grande valeur. Ira certainement s'asseoir sous la coupole !

## MAXIME BOUCHERON. — *Echo de Paris.*

Fait la *soirée* à l'*Echo de Paris*, après avoir été
le lieutenant en premier d'Arnold Mortier. Ne prend
pas de gants pour dire ce qu'il pense. A écrit un
ouvrage très curieux sur le Théâtre Français : *La
Divine Comédie.* Mieux encore, a donné au théâtre
de nombreuses pièces qui lui ont valu honneurs et
argent. Citer *Myss Heylett,* — près de huit cents
représentations sans interruption ! — suffit, n'est-ce
pas, sans parler de *Coquard et Bicoquet, Article de
Paris*, le *Droit du Seigneur*, et *Sainte-Freya* qui
succède à *Miss Helyett.* Derrière ses lunettes pétillent des yeux pleins d'esprit et de malice. Une vraie
figure d'abbé, qui rappelle celle de ce pauvre Charles
Monselet ; un abbé souriant et gaulois. Ne s'y fier
pourtant qu'à demi : ce sourire n'est pas tous les
jours indulgent.

## EDOUARD NOEL et LIONEL MEYER,
### dits les frères siamois du *Gaulois.*

Font les échos de théâtre sous la signature de

*Nicolet*. Lionel, cousin du directeur du *Gaulois*, a de l'influence, et en use en bon garçon et en aimable confrère. Noël, tous les ans, publie, en collaboration avec Stoullig, un volume très apprécié : *les Annales du théâtre*. *Nicolet* est, ou sont, — l'un et l'autre se dit, ou se disent, — généralement bien informé ou informés.

## MAURICE ORDONNEAU. — *Matin.*

Ne signe pas au *Matin*, où il fait les Echos. Bien plus auteur dramatique qu'échotier théâtral, ce dont je le congratule, du reste, vu les nombreux succès qu'il compte déjà et qui ne seront pas les derniers, n'est-ce pas ?... tels que : les *Petites Godin* — *Durand et Durand* — l'*Oncle Célestin*, etc. Modeste autant que spirituel, d'une grande douceur de manières et de langage, Ordonneau enfin est un garçon... très ordonné.

## FRANÇOIS OSWALD. — *Matin.*

Fait la critique au *Matin*, avec une impartiale sévérité. S'il ne ménage pas le blâme, il sait également rendre justice aux auteurs dont le talent s'est imposé au succès. Ecrit de temps à autre un roman ou fait une pièce de théâtre, généralement une comédie de mœurs contemporaines. Va faire jouer aux Menus-Plaisirs, en collaboration avec Boucheron et MM. Missa et Pietrapertosa pour la musique, un opéra comique, *Mariage galant*, appelé à un grand succès.

## GRISIER. — *Patrie.*

Soiriste et échotier à la *Patrie*... une, deux, t'es mort ! Ne pas oublier que Grisier est le fils du célèbre maître d'armes chanté par Dumas. Rien d'étonnant s'il est de première force à l'épée ; ce qui explique pourquoi il est si débonnaire. A quitté le genre léger et à couplets, pour aborder le drame judiciaire et militaire avec M. Mary. Gagne par cela même de respectables droits d'auteur. A encore montré son savoir dans le *Maître d'armes*, qu'il a donné à la Porte-Saint-Martin en collaboration avec M. Mary.

## AUGUSTE GERMAIN (Capitaine Fracasse). ## *Echo de Paris.*

Ce pseudonyme dit tout, et point n'aurai besoin d'amplifier davantage. Malheur à qui lui sert de tête de Turc ! Il ne le lâche plus. Il suffit pourtant de le connaître pour savoir que c'est un excellent garçon ; mais, voilà, c'est au fond... tout au fond. Aussi directeurs de théâtre et artistes dramatiques le redoutent : mais qu'ils se rassurent, et que seuls les méchants tremblent ! A publié une brochure d'une ironie et d'une vérité terribles contre les *Agences* dramatiques et lyriques. Compte un grand succès en librairie : *Bichette*, mœurs théâtrales. S'est fait aussi applaudir aux matinées du jeudi du Vaudeville avec la *Paix du Foyer*, une comédie d'une grande vigueur littéraire. N'en restera pas là : c'est un vaillant.

## CHARLES MARTEL. — *Justice.*

Ne descend pas des rois de France. Se contente de
faire à la *Justice* une soirée bien amusante et qui
doit certainement faire sourire M. Clémenceau, ce
raffiné qui après les assauts parlementaires adore le
monde... que dis-je? tous les mondes, grand, petit,
voire même le demi, pourvu que ce ne soit pas celui
où l'on s'ennuie. Ses *échos* sont fallacieux!!! Il ne
se met pourtant pas martel en tête (allons bon! voilà
que je le fais!) pour les écrire. N'est pas décoré;
mais pourrait porter tous ses articles à la boutonnière.

## TANCRÈDE MARTEL. — *Lanterne.*

N'est pas parent du susdit. A succédé à Maurice
Drack comme critique à la *Lanterne.* S'était fait
remarquer jusqu'alors comme poète et nouvelliste
dans les milieux littéraires. Un esprit très fin et un
vrai lettré.

## ARMAND MAYER. — *Lanterne.*

Frère d'Eugène Mayer, directeur de la *Lanterne.*
Y fait les *échos,* mais ne les signe pas: c'est la règle.
Très serviable. Ne refuse à quiconque l'accès de ses
colonnes. S'occupe des questions militaires, a fait
en 1890 deux volumes très intéressants et commen-
tant principalement la loi sur le recrutement.

## GEORGES FONVILLE. — *Gil Blas.*

Fait les échos au *Gil Blas*, sous le pseudonyme de
Gauthier Garguille, qui, si je ne me trompe, n'est
pas un nom castillan. Malin comme un singe, l'ex-
secrétaire de Cluny commet quelques actes dans ses
moments perdus. Les jeunes arrivent difficilement
à se faire jouer : il en fait lui-même l'expérience.
Mais quand on fait les échos au *Gil*, ce serait à
désespérer si l'on n'arrivait tôt ou tard (il aimerait
mieux tôt) à escalader une scène de genre.

## ALBERT SOUBIES (B. DE LOMAGNE). — *Soir.*

Un « critique musical » dans toute l'acception du
mot. Se cantonne dans sa partie pour ne faire que
de rares incursions dans le domaine du drame ou de
la comédie, trouvant assez fécond le champ qu'il
cultive.

L'homme le plus sympathique ; le savant le plus
érudit ; le confrère le plus serviable. Consciencieux
comme on n'en voit guère : avant d'aborder la critique des œuvres, a voulu acquérir l'autorité nécessaire aux écrivains sérieux, par de fortes études, et,
une fois sa licence en droit terminée, suivit les
cours d'harmonie du Conservatoire. Aussi, ce dont
bien peu de ses confrères seraient capables, lit sans
difficulté et chantonne sans hésitation une partition
à première vue.

Chercheur infatigable, hôte assidu des bibliothèques où il déterre les documents rares. Connaît la

date d'apparition de l'opéra le plus oublié, sait le nom des artistes qui l'interprétèrent. Une conversation qui fourmille d'anecdotes curieuses.

Rédige depuis vingt ans ce précieux *Almanach des Spectacles*, guide indispensable de tous ceux qui s'occupent des questions théâtrales. Publie sous la rubrique: *Une Première par jour*, ses notes théâtrales quotidiennes. Ecrivit encore le *Précis de l'Histoire de l'Opéra-Comique*, l'*Histoire de la Salle Favart* et deux ouvrages sur Wagner.

Signe « B. de Lomagne » la critique musicale au *Soir*: d'une indulgence bienveillante, n'abuse de sa situation que pour encourager les jeunes.

## GEORGES BERTAL. — *Rappel*.

Du romantique farouche qu'il fut, mais qui, en ces dernières années, s'est quelque peu *fin-de-sièclisé*, a gardé son opulente chevelure brune aux boucles sans nombre.

Un poète élevé à la grande école de Victor Hugo. A publié en sortant du régiment son premier volume de poésies : *Ruades et Caresses*.

Un fervent admirateur de Vacquerie, sur la vie et les œuvres duquel il a écrit une remarquable étude. Est aujourd'hui l'un de ses meilleurs lieutenants, et a remplacé Armand Gouzien.

A fait jouer, il y a bien longtemps, des actes en vers un peu partout, notamment à l'Odéon; a donné l'an dernier à la Comédie-Française l'*à-propos* sur Corneille. D'autres nombreuses pièces ont vu le feu de la rampe : *Un Drôle*, *Robert Burat*, *Norah la Dompteuse*, avec Grenet-Dancourt, et tout récemment, *Bacchanale*, avec Jules Lecocq et Hervé.

Signe particulier : ne se décourage jamais.

## ALEXANDRE BIGUET. — *Radical.*

Après Henry Maret, fait actuellement la critique et les échos au *Radical*. C'est un honneur mérité. S'occupe également de questions financières, qu'il traite avec lucidité et en mettant les points sur les *i*, dans nombre de journaux quotidiens. Se délasse de ses fatigues intellectuelles en pondant des articles de genre dans la *Revue théâtrale illustrée* et la *Finance pour Rire*. Adore la campagne, la photographie d'amateur et le jeu des petits chevaux. Il y est d'une force étonnante. Lieutenant d'état-major dans la territoriale — portez armes ! Signe caractéristique : commence par dire non et finit par dire oui, et deux fois plutôt qu'une.

## BRUNEAU. — *Gil Blas.*

L'auteur du *Rêve*. Un compositeur de talent et de la nouvelle école. Sous la haute protection d'Emile Zola, est devenu le critique musical du *Gil Blas*, en remplacement de Victor Wilder.

## LUCIEN PUECH. — *Eclair.*

Ancien secrétaire d'Albert Wolff; chef des échos de théâtres à l'*Éclair*. Est aussi vif que son journal.

Son œil pétille de malice derrière son pince-nez. A
jadis perpétré de nombreuses interviews artistiques
au *Gil Blas*.

## CLAVEAU. — *Soleil.*

N'est déjà plus très jeune, mais sait faire profiter
les jeunes auteurs de son expérience. Une belle
barbe blanche.

Feuilletonne les lundis au *Soleil.*

## ADOLPHE MAYER. — *Soir.*

D'aspect réfrigérant avec son lorgnon, plus réfrigérant encore avec son monocle, qu'il arbore dans
les circonstances agressives.

Les cheveux rares, mais la dent solide. La poignée
de main difficile, mais, au fond, d'un dévouement à
toute épreuve pour les amis.

Ardente passion pour le théâtre. Y naquit, y vit.
Critique aujourd'hui les auteurs dramatiques dont
il sera certainement le confrère demain.

A l'oreille des directeurs. Défend les jeunes et
arrive même à ouvrir la cage à leurs ours.

Un incisif. N'a de sympathique faiblesse que pour
les précurseurs de l'art dramatique.

Critique au *Soir* ; y fait également la soirée avec
une verve très gouailleuse.

A chroniqué avec succès dans différents journaux
littéraires ; signe Mentor au *Journal*, et rêve de ro-

maus psychologiques sur la couverture desquels s'é-
talerait en gros caractères : « Centième mille ».

Adore le bezigue, qu'il joue jusque dans les coulisses, et les dominos, qu'il « touille » jusque dans
les salles de rédaction.

## LOUIS SERIZIER. — *Rapide.*

Ex-critique dramatique au *Voltaire*, maintenant
au *Rapide*. Ancien prix d'honneur de rhétorique au
Concours général. Des cheveux bien fournis, ce qui
est rare dans le monde du théâtre. Très affable. Signe
particulier : Ne peut sentir Emilienne d'Alençon.

## HENRY CÉARD. — *Evénement.*

Un grand gaillard dont la tête puissante, aux
cheveux frisés, à la rude moustache, est solidement
plantée sur de larges et robustes épaules.

Débuta dans la littérature avec *Une bonne journée*, le modèle du roman naturaliste. A écrit la
*Saignée* dans les *Soirées de Médan* et fait représenter, à l'Odéon, *Rénée Mauprin*.

Fut un des plus ardents promoteurs du Théâtre-
Libre, auquel il a donné quelques pièces.

Conservateur du Musée Carnavalet, fait en même
temps la critique à l'*Evénement,* où il a succédé à
Louis Besson.

## ÉMILE BERGERAT. — *Le Journal.*

L'exquis Caliban pimente de sa verve spirituelle
la critique du nouvel Aristarque. S'adressant à des

lecteurs qui connaissent déjà la pièce par le compte rendu du lendemain agrémenté de la Soirée parisienne, Émile Bergerat en profite. C'est une causerie enjouée, où à droite et à gauche il distribue des coups de patte comme sans y prendre garde, que ses feuilletons hebdomadaires, ou c'est encore, quand l'idée lui prend, une humoristique parodie.

Détail particulier : L'auteur dramatique qui est en lui ne peut pas voir, même en peinture, son *ami* Porel.

## LÉON BERNARD-DEROSNE. — *Gil Blas.*

Une physionomie bien militaire avec ses cheveux coupés en brosse et sa moustache. Des traits doux et à la fois accentués, l'air franc, ouvert, bienveillant. Pour augmenter l'illusion, le ruban rouge à la boutonnière.

Fut longtemps, longtemps, le journaliste parlementaire le plus apprécié. Préfère aujourd'hui, aux discours des leaders de tous les partis, l'audition des œuvres d'art, et se trouve mieux à la Comédie-Française et à l'Opéra qu'au Palais législatif. Pas difficile !

## AYRAUD-DEGEORGE. — *Intransigeant.*

Le bras droit de Rochefort et le secrétaire de la rédaction de l'*Intransigeant*. Passionné pour tout ce qui touche le théâtre, ajoute quelquefois à sa grosse tâche quotidienne celle de critique,

Très obligeant,

## CAMILLE LE SENNE. — *Siècle.*

Un écrivain fécond qui touche à tous les sujets et sait également bien les traiter. A publié plus de vingt romans, sans compter ses cinq volumes du *Théâtre à Paris,* dont la série s'accroîtra sans cesse.

Fait la critique dramatique et musicale au *Siècle,* et la critique d'art au *Ménestrel.*

## ADOLPHE BRISSON. — *Estafette.*

Gendre de Francisque Sarcey, avec ses cheveux olympiens, M. Brisson n'a rien du romantique de 1830, mais est un véritable moderne. Critique très sérieux, il rend ses arrêts dans l'*Estafette* et la *République française.* Public également des articles goûtés dans la *Revue illustrée* de l'éditeur Baschet. Il dirige avec talent les *Annales politiques,* un hebdomadaire des mieux classés.

## EMILE PESSARD. — *Evénement.*

Critique musical érudit, auteur de *Tabarin,* qui fut applaudi sur les « tréteaux » de l'Opéra, et des *Folies espagnoles,* qui à l'Opéra-Comique firent la joie des abonnés du jeudi. A d'autres partitions que nous applaudirons avant peu.

## AVONDE. — *Evénement.*

A appartenu longtemps à l'agence Havas, c'est pourquoi il est si bien renseigné. Il *échote* le matin

à l'*Evénement*, sous le pseudonyme de Jean Baudry,
(rien d'Auguste Vacquerie), et le soir à la *Liberté*,
sous celui de Jennius. S'occupa pendant deux ans
du Théâtre-Libre, où il tranchait par son urbanité...
passons ! Aimant le théâtre par-dessus tout, reste le
dernier à l'imprimerie de la *Liberté* pour pouvoir
mettre à la dernière minute un écho qui lui est envoyé par un secrétaire de théâtre.

## GASTON SERPETTE. — *Paris.*

Un sympathique. Fine moustache. Tenue correcte.
Critique musical du *Paris*. Auteur de dix opérettes
à succès ; la dernière : la *Bonne de chez Duval*.
Préfère à toutes ces œuvres, où la fantaisie s'allie à
une profonde science musicale, sa complainte sur le
*Crime du Pecq*. Adore les brouillards de la Tamise,
adore également le ciel pur de la Seine — ne pas
écrire scène. — Dans l'intimité on l'appelle : Ser-
pent... à saynettes.

## DE COTTENS. — *Voltaire.*

Après avoir succédé à Delilia au *Voltaire* comme
soiriste prosateur ou poétique, écrit des chroniques
très intéressantes. Auteur d'une revue au Théâtre-
Moderne pleine de modernités. Affable et doux et
pas du tout voltairien.

## ALBERT MONTEL. — *Voltaire.*

Critique musical au *Voltaire*. Un convaincu, un
jeune convaincu. Dans la journée, s'occupe de

finance, mais préfère parler de musique. *Alter ego*
de Lenoir. Beau-frère d'Edmond Théry. Serviable et
bon comme du bon pain.

### EDMOND THERY. — *Nation.*

Quoique directeur d'un journal financier, fait la
critique musicale à la *Nation*. Tout comme son
jeune beau-frère, aime à s'étendre sur les croches et
les doubles-croches. Un fervent de Wagner, Massenet, Saint-Saëns.

### CHAMPSAUR. — *Le Journal.*

Un poète à l'air fatal. Auteur des *Violettes*... j'en
sens encore le parfum, de *Dinah Samuel*, un roman
à clef, et de la *Danseuse.*

A fait des chroniques à l'*Evénement* et aujour-
d'hui endossé l'*Habit noir* du soiriste au *Journal.*

### SAINT-AUBAN. — *Libre Parole.*

Un avocat qui fait la critique musicale — nouveau
venu dans la carrière — à la *Libre Parole ;* mais la
question religieuse lui est étrangère. Dit du bien de
l'œuvre d'un sémite quand elle a de la valeur.

### GADOBERT. — *Libre Parole.*

Auteur dramatique, fait les échos dans la même
feuille. Ne craint pas non plus de s'attirer les fou-
dres du Vatican — pardon ! du patron, — pour en-

tonner un cantique de grâces en l'honneur d'un
sémite dont une salle entière acclame le nom à la
chute du rideau.

## GEORGES MATHIEU. — *Intransigeant.*

Sous le pseudonyme de Frivolet fait les échos de
théâtre dans l'*Intransigeant*. Gare à ceux qui ne sont
pas dans ses petits papiers, il ne craint pas de leur
dire leur fait en quelques mots bien sentis.

Dame ! on est intransigeant, ou on ne l'est pas.
Marié, n'a pas encore d'enfant, cela viendra. A fait
avec son ami Riondel un lever de rideau pour la
Renaissance sous le titre de *Jaunard et Vertillon*.
A un vaudeville reçu aux Folies-Dramatiques, qui
sera joué quand il sera directeur à son tour, mais
pas des folies bien entendu.

## WILLY. — *Parti National.*

Fait au *Parti National* une *soirée* pleine d'humour
et de verve. Aime assez les expressions décadentes,
sans être enrôlé pourtant dans le clan de ces rénova-
teurs (??) de la langue française. A juré la mort de
tous les contrôleurs, inspecteurs et placeurs des
théâtres de Paris. De son vrai nom, Gauthier Vil-
lars, fils de l'éditeur bien connu du quai des Grands-
Augustins. Aussi connaît-il ses auteurs comme pas
un. Modernise gaîment et commet des indiscrétions
bien amusantes. Et ses lettres de l'Ouvreuse,
sont-elles assez mordantes ? Rédacteur au *Chat
noir*.

## LANDRODIE. — *Paix.*

Echotier, que dis-je, critique au même journal.
Un homme sérieux, et grand, et serviable, je ne
vous dis que ça ! Membre du comité de la Société
des journalistes parisiens, dont il sait très bien défendre les intérêts.

## VICTOR ROGER. — *France.*

Critique musical et échotier à la *France.* Un débrouillard. Quoique du Midi, n'a pas le moindre
*assent,* du moins c'est lui qui le dit. Secrétaire des
bals de l'Opéra. Ce qu'il voit défiler dans son cabinet
d'agrafées et de dégrafées, on n'en a pas idée à
Toulouse! En collaboration avec Raoul Pugno, il
fit la musique de *Joséphine vendue par ses sœurs*;
avec Gaston Serpette, celle de *Cendrillonnette*; enfin
seul, celle du *Fétiche* et du *Coq* aux Menus-Plaisirs,
et des *Vingt-huit jours de Clairette* aux Folies-Dramatiques.

Très myope, ce qui ne l'empêche pas d'y voir
clair.

## FERNAND BOURGEAT. — *Entr'acte.*

Successeur d'Achille Denis, comme rédacteur en
chef de l'*Entr'acte,* collabore assidûment à l'*Univers
illustré*; a passé par le secrétariat de l'Ambigu (direction Chabrillat) à l'époque du grand succès de
l'*Assommoir,* puis à l'Odéon (direction de la Rou-
nat). Candidat à ce dernier théâtre.

Sous le pseudonyme de Lazarille a fait autrefois les délices des habitués du *Gil Blas.*

Beaucoup d'entrain et d'esprit, mais plutôt compatissant aux infirmités théâtrales que la finesse de sa critique ne laisse deviner qu'entre les lignes. Malgré vingt ans d'exercice, ne compte pas d'ennemis dans le monde de la presse, où on l'appelle familièrement par son prénom.

## ADOLPHE ADERER. — *Temps.*

Chevalier de la Légion d'honneur; avant-*sarciste*, car au lendemain d'une première il annonce aux lecteurs du *Temps* le succès ou la chute de la pièce. A fait jouer avec Ephraïm l'*Agneau sans tache* à l'Odéon. Très lettré, a hérité des qualités littéraires de son père.

## JEAN JULLIEN.

L'auteur du *Maître*, qui eut tant de succès au Théâtre-Libre, et de la *Mer*, à l'Odéon.

A dirigé la revue *Art et Critique* qui fut l'organe apprécié de la littérature jeune.

Fait le feuilleton du *Paris*, où il a su, sans faire oublier le regretté de Lapommeraye, inaugurer un genre de critique original.

## SABATIER

Critique musical et dramatique de l'*Eclair.* Très peu connu dans le monde des théâtres et par cela même très indépendant, un charmant garçon.

## PAUL GINISTY. — *Petit Parisien.*

Ami d'enfance de Fernand (voir ci-dessus). Critique et échotier au *Petit Parisien*. Un travailleur. Fait d'une plume fine et légère, et avec une compétence remarquée, la bibliographie au *Gil Blas*. Écrit cinq ou six romans par an. Fournit de la copie à cinq ou six journaux, entre autres au *XIX^e Siècle*. A écrit des à-propos joués à l'Odéon et à l'Ambigu. Chevalier de la Légion d'honneur. Je ne lui connais qu'un défaut : il engraisse !

## GEORGE VANOR. — *Constitutionnel.*

Critique au *Constitutionnel*. Un jeune, plein d'ardeur et à qui sourit l'avenir. Conversation pyrotechnique. Un poète qui manie la plume avec une sûreté toute virile. A publié quatre volumes de vers prestigieux, fondé l'école dite symboliste, et a eu trois revues tuées sous lui. Fait des instantanés assez pimentés dans un grand quotidien du matin. Amateur de *luttes* à main plate. Quels biceps ! Quel torse ! Quelles omoplates !

## CHINCHOLLE. — *Figaro.*

Je dirai comme dans l'opérette d'Offenbach :

> Ce nom seul me dispense.
> Seul me dispense,
> Seul me dispense
> D'en dire plus long,
> Oui, d'en dire plus long.

J'ajouterai que Chincholle est très travailleur,

très sympathique, et qu'il tient aujourd'hui au *Figaro* une place des plus enviées.

## GUILLAUME LIVET. — *Le Journal.*

Mirliton du *Journal*. Ex-collaborateur du *Figaro*. Très au courant des événements parisiens. Écrit des chroniques pleines d'esprit. A été, pendant un an, directeur du Théâtre du Cercle à Aix-les-Bains où son père est le médecin en chef de l'établissement thermal.

## GEORGES DAUDET. — *Petit Moniteur.*

Critique au *Petit Moniteur*, sous le pseudonyme de Rocheray. A de qui tenir. Fils d'Ernest et neveu d'Alphonse Daudet; avec une pareille parenté et aidé par une plume agréable, il arrivera certainement à se faire un nom.

## ANDRÉ LENEKA. — *Etendard.*

Critique musical. Un jeune plein d'ardeur. Auteur, avec M. Matrat, de l'Odéon, et M. Émile Pessard, des *Folies espagnoles*, à l'Opéra-Comique, et à Déjazet de la *Chasse aux mariés*, vaudeville en trois actes. Poète à ses heures. A écrit *Pour nos fils*, *Feuilles tombées* et *Amour et Fange*. Il a la foi, ce qui est rare à notre époque.

## ANTOINE BANÈS. — *Nation.*

Soiriste à la *Nation*; attaché au Ministère des Beaux-Arts. Excellent musicien, a eu aux Nouveau-

tés une opérette avec Fabrice Carré, les *Délégués*.
Se porte comme le Pont-Neuf, et quand on se porte
bien on a le *faciès* réjoui ; Banès sourit toujours,
même dans son cabinet de bibliothécaire à l'Opéra.

Sa dernière œuvre a été *Toto*, une opérette spirituelle et pimpante, livret de MM. Barré et Paul
Bilhaud, jouée plus de cent fois aux Menus-Plaisirs,
et qui mit en relief le joli talent et la verve endiablée de Mlle Rosalia Lambrecht, d'abord danseuse à
l'Eden, puis chanteuse à l'Opéra-Comique et passée
étoile sur la scène du boulevard de Strasbourg.

## LACAZE. — *Gil Blas.*

Co-échotier au *Gil Blas* ; l'*alter ego* de Fonville.
Homme du monde et de plaisir... parbleu ! quand on
est du *Gil Blas !* Aimable avec les confrères, galant
avec les dames.

## JACQUES SAINT-CÈRE. — *Vie parisienne.*

Fait des articles politiques au *Figaro* et de la critique dramatique à la *Vie parisienne*. N'est pas de
la dernière tendresse pour les auteurs et les artistes ;
très difficile pour tout ce qui touche à l'art dramatique ou lyrique... mais *sincère*, oh ! *sincère !*

Signe particulier : ressemble à Zola.

## MARCEL FOUQUIER. — *XIX^e Siècle.*

Érudit autant que modeste, c'est-à-dire au super-
latif. Critique dramatique au *XIX^e Siècle*. Plus sé-
vère que son père, M. Henry Fouquier... oh ! oui !

## SÉVERINE

Un crâne talent. Un cœur vaillant. Une vraie femme.

Bas-bleu? Ah! non, par exemple. Elle est bien trop dilettante pour n'avoir pas horreur de la tache d'encre à ses ongles de Parisienne qui savent si expertement égratigner. Le chic moderne et les emballements de George Sand, avec non moins de style, mais plus jeune, plus ardent; un style qui fait le coup de feu! Elle a les diableries d'esprit de la faubourienne, la passion éloquente d'un tribun, les dévouements communicatifs d'un apôtre. A hérité de Vallès les révoltes terribles, les haines fougueuses, l'implacable sarcasme; mais trouve en même temps dans son cœur d'inépuisables maternités pour les humbles, les misérables, les éprouvés. En donna la preuve en soignant jusqu'au dernier soupir, avec un inaltérable dévouement, ce pauvre Rapp, le dessinateur de tant de talent, mort si jeune, et dont la douceur de son sourire consola la triste agonie. Un de ses deuils a été aussi la mort de l'auteur d'*Omp-drailles* et des *Va-nu-pieds*, Léon Cladel. Après avoir longtemps tiraillé dans les fourrés révolutionnaires et soutenu de ses sacrifices le *Cri du Peuple*, Séverine, sans renoncer en rien à ses ardeurs de publiciste socialiste, n'a pas cru déroger en acceptant de collaborer à des feuilles d'une allure plus élégante et plus mondaine. L'*Eclair*, le *Gaulois* et

le *Journal* se partagent aujourd'hui ses articles qui
tous, quelles qu'en soient la donnée et la tonalité,
sont lus avidement par le public et sont pour ces
trois quotidiens un élément notable de succès. Spirituelle autant que bonne, elle a la griffe redoutable
dans ses polémiques. Mais être égratigné par elle
est encore un plaisir quand l'on peut espérer comme
compensation qu'un jour sa petite main daignera
panser la blessure! Elle a prouvé qu'elle en était
capable en se réconciliant avec des ennemis pré-
tendus.... irréconciliables!

## EUGÈNE FRAUMONT. — *Soir.*

Grand, bien découplé, l'air d'un officier en bourgeois avec sa grosse moustache brune coupant le
visage ; d'ailleurs, ayant, dans la réserve, aux fré-
quentes périodes des vingt-huit jours, les galons de
lieutenant sur le dolman d'artilleur.

Débuta très jeune dans la presse, en fondant avec
Gustave Geffroy, P. Rioux-Maillou, Julien et Mario
Sermet, et quelques autres qui tous, d'ailleurs, ont
conquis vaillamment leurs grades dans l'armée littéraire, de petites feuilles aussi intéressantes qu'é-
phémères.

Depuis a donné des articles à la *République française*, au *Télégraphe*, des contes patriotiques au
*Drapeau*, des feuilletons un peu partout et des petits
actes dans quelques théâtres du boulevard. S'occupe

particulièrement au *Soir* de la partie concerts. Les
concours du Conservatoire, qu'il suit depuis dix ans,
n'ont pas de plus intéressant ni de plus humoristique critique.

## MASSIAC. — *Gil Blas*.

Fait concurrence à Absalon pour la longueur de
ses cheveux. Donne avec esprit les avant-premières
au *Gil Blas*. Très au courant des choses théâtrales,
très aimable garçon, rit toujours.

## LOISEAU. — *Jour*.

Échotier au *Jour*. Critique aimable et souriante ;
la légèreté de... l'oiseau (naturellement), et des
trésors d'optimisme, quoiqu'il ait été souvent bien
agacé, dans son cabinet des Nouveautés. Mais il
prétend que le critique ne doit pas se rappeler les
ennuis du secrétaire. Cette grandeur d'âme l'honore,

## PHILIPPE GILLE. — *Figaro*.

### Chevalier de la Légion d'honneur.

Philippe Gille n'est pas un critique, et pourtant
il mérite d'être cité en ce volume. L'auteur de tant
de pièces charmantes et des *Charbonniers* est le
grand maître des Échos. Esprit fin et bien parisien, très accessible, Philippe Gille connaît tout

Paris et jouit d'une estime profonde et générale dans un emploi où il est si facile de récolter des ennemis ; mais n'a que des amis et est, je le répète, d'une obligeance extrême.

## JAHYER. — *Cocarde.*

Critique à la *Cocarde*. Est toujours tenté, dans ses articles, de parler de l'Opéra-Comique. Mais il ne faut pas Jahyer avec les mots. (*Voir aux Secrétaires.*)

## CH. RÉTY. — *Figaro.*

Après la mort d'Auguste Vitu, Ch. Réty lui a succédé officiellement comme critique musical, mais seulement pour les théâtres subventionnés et les grands concerts. Sous le pseudonyme de Charles Darcours, faisait l'intérim de Jules Prevel quand celui-ci allait se faire « rincer » en hiver à Monaco et « nettoyer » en été à Luchon. Excellent musicien, frère du secrétaire général du Conservatoire, Ch. Réty est un homme doux, modeste, travailleur, j'ajouterai : la bonté même !

## GEORGES ROLLE. — *Paris.*

Un chauve, et un chauvin. A donné l'an dernier aux Bouffes-du-Nord le *Neuf Thermidor*, joué ensuite avec succès au théâtre du Havre. Fut pendant quelque temps secrétaire du théâtre Déjazet. A donné dans le *Paris* des silhouettes d'artistes très réussies. Sous le pseudonyme de Sigognac, y fit les échos quotidiens. Aujourd'hui est devenu *Avant-Premiériste*.

## REYER. — *Débats*.

L'auteur de *Sigurd* et de *Salammbô* est quelque peu misanthrope et vit loin du monde dans son appartement de la rue de la Tour-d'Auvergne. Ne critique que les grandes œuvres d'une plume subtile et experte. Adore les montagnes, mais déteste les pianos. A un nom alsacien et est né à Marseille !

## ALBIN VALABRÈGUE.— *Illustration*.

Un enfant du Midi… trois quarts, venu il y a quinze ans à Paris avec l'assurance d'arriver, et s'est tenu parole. Inutile d'énumérer la liste de ses nombreux succès, traversés par quelques fours retentissants, qui lui ont fourni l'occasion, pour répondre aux attaques d'une partie de la presse, d'envoyer à Jules Prevel ce mot resté gravé dans notre mémoire : « Je n'ai pas le monopole des fours ! »

Quand Valabrègue n'écrit pas cinq ou six pièces, il envoie au *Figaro* des articles d'un tiers de colonne qui figurent en première. Succédera certainement à Albert Millaud, car sa verve est inépuisable et sa conversation émaillée de traits d'esprit.

Je me demande comment il pourra, dans ses critiques de l'*Illustration*, éliminer les calembours dont il est coutumier.

Son ambition est de forcer les portes de la Co-

médic-Française. A déjà pris des chemins de traverse qui l'y conduiront certainement et avant peu.

### MAURICE DRACK. — *Lanterne.*

Cet excellent garçon a sa place ici. Après avoir
écrit de nombreux romans, et a fait représenter des
drames à succès sur différentes scènes de Paris ; a
tenu longtemps la plume de critique à la *Lanterne.*
Se contente aujourd'hui de diriger le supplément.
Un homme estimable et estimé.

### JULES MARTIN. — *Estafette.*

Critique musical à l'*Estafette*, échotier à la *Paix ;*
aussi est-il très doux de caractère.

### HENRY DUVAL. — *Marseillaise.*

Fait les *échos* à la *Marseillaise*, par amour de
l'art. Car Duval, qui n'est plus un jeune, occupe une
position très brillante au Ministère des... Chut ! pas
d'indiscrétions.
Duval n'est qu'un pseudonyme.

### GUGENHEIM. — *Autorité.*

Echotier à l'*Autorité ;* un bon garçon, très rond.
Ne s'occupe jamais de politique, mais professe —
tout naturellement — une grande admiration pour
son chef de file, Paul de Cassagnac. A déjà quelques
actes dans ses cartons. S'aperçoit aussi des diffi-
cultés qu'il y a à les caser.

## RICAUDY. — *Evénement.*

M. Ricaudy, après avoir fait à l'*Evénement* les
avant-premières, a succédé à Gabriel Astruc, et fait
actuellement la *Soirée parisienne* avec beaucoup
d'humour.

## FERNAND LEFÈVRE. — *Rappel.*

Echotier au *Rappel;* successeur de Georges Ber-
tal. *(Voir aux secrétaires.)*

## BOISARD. — *Monde illustré.*

Critique musical au *Monde illustré.* Articles très
goûtés... comme son commerce, qui est d'une amabilité parfaite.

## L. BERTIN. — *Le Journal.*

De son vrai nom Ivan Bouvier. Très grand. Très
maigre. Moustache et binocle. N'avait, si je ne me
trompe, jamais fait de critique avant d'entrer au
*Journal.* Se contente d'y raconter la pièce, et laisse
son éminent collaborateur Bergerat la juger dans
son feuilleton du lundi.

# PROFILS D'ACTRICES

## ROSE CARON. — *Salammbô*.

Prêtresse auguste de Tanit
Qui jette au ciel son pur cantique,
Elle est une statue antique
Taillée à même en le granit.

Elle a la grâce souveraine
Et, vierge, fille d'Hamilcar,
Dans le geste et dans le regard
La majesté calme et sereine.

Salammbô que Flaubert rêva
Dans l'illusion créatrice,
— Comme sa grâce captiva

Mathô, — divine cantatrice,
Sa voix nous charme en ses accents
Douloureux, — passionnés, — puissants...

## TARQUINI D'OR

Très fine, très intelligente,
Elle est l'adorable *Mignon*,
Ou bien avec son noir chignon
*Carmen* à la mine changeante.

A merveille tire parti
D'une voix souple, douce et forte.
Détail à noter : elle porte
Ravissamment le travesti.

## DU MINIL.

Semblable à quelque antique reine
Qui vécut dans la majesté
De sa volonté souveraine
Et de sa hautaine beauté,

Avec la couronne superbe
Que sur son front patricien
Dresse la radieuse gerbe
De ses cheveux blond Titien.

Que ce soit la muse tragique
Qui gonfle son sein palpitant,
Ou que le sourire magique
Sur ses lèvres erre, flottant,

C'est l'artiste passionnée
Dont l'enthousiasme brûlant,
Flambe d'une flamme incarnée
Et dont le cœur vaut le talent.

## DARLAUD

Jolie, exquisement jolie,
Avec son visage troublant,
Où la douce mélancolie
Imprime son charme dolent.

Une taille souple qui plie
Comme un roseau frêle. Voulant,
Malgré son cadre étincelant,
Etre une candide Ophélie.

Son regard clair, ému, profond,
Plonge dans l'âme jusqu'au fond,
L'ingénuité s'y reflète.

Détail féminin à noter :
Très moderne, excelle à porter
La plus ravissante toilette.

## AUGUEZ

Un visage fin, dont l'ovale
Se dessine d'une façon
Charmante, — l'or de la moisson
Dans sa chevelure idéale, —

Des yeux bleus, très bleus, qui ne sont
Qu'un reflet d'azur, — sans égale
Sa voix est douce et musicale,
Le soleil rit dans sa chanson, —

Artiste jusqu'au fond de l'être,
Elle a la grâce qui séduit,
Elle a le charme qui pénètre ;

Le succès par elle est conduit
Et la salle est vite conquise ;
Plus que jolie et mieux : — exquise.

## NINA PACK.

Grande et svelte, l'air doux et grave
Qu'un clair sourire épanouit,
Elle est la beauté qui se grave
Avec la grâce qui séduit.

Ses cheveux aux souples caresses,
Soyeux, ondulés, sont si longs
Qu'ils laissent dérouler leurs tresses
Du cou d'ivoire aux fins talons.

Épaisse et lourde chevelure
D'un noir d'ébène, l'on dirait
Une nuit infinie, obscure,
Où nulle étoile n'apparaît !

Mais, dans le fond de ses prunelles
Les étoiles, célestes yeux,
Ont mis leurs clartés éternelles,
Ces clous d'or aux voûtes des cieux...

Cantatrice, elle a pris pour maître
L'Art, cet amant resplendissant,
Elle lui donne tout son être,
Toute sa vie et tout son sang.

Et le succès, coursier rebelle
Qu'elle dompta, vite s'éprit.
De cette femme exquise, — belle
Par le cœur, le talent, l'esprit.

## ANNA JUDIC

Toujours jeune et belle, Judic
Est la reine de l'opérette,
Et sait transporter son public
Avec un air de chansonnette.

Son rire éclate, frais, joyeux,
Gamme sonore aux gaités franches,
Tandis que pétillent ses yeux
Et qu'on entrevoit ses dents blanches,

Quand elle chante, c'est exquis !
Sa chanson est pure et si nette,
Que l'on dirait un gazouillis
De rossignol ou de fauvette,

Plus adorablement jolie
Quand, de la candeur de sa voix
A qui son air chaste s'allie,
Elle lance un couplet grivois.

## FÉLICIA MALLET

Sous la blouse blanche
De l'ami Pierrot
Qui cambre sa hanche
Dans son clair sarrau,

Cette mime originale
Sait porter superbement
Et sans craindre de rivale,
Le masculin vêtement.

## THÉO

Oh ! sa grâce et sa mignardise
Se pourraient-elles exprimer ?
Est-il donc besoin que l'on dise
A quel point elle sait charmer ?

Le public l'aime à la folie.
L'écouter est délicieux
Comme voir sa mine jolie,
Et ses cheveux capricieux.

Elle semble quelque marquise,
Quelque princesse, que Watteau,
Plus adorable et plus exquise,
Mettait dans le parc d'un château.

Le soleil de la rampe dore
Ses succès. Elle a été au
Pinacle, et bien longtemps encore
Y sera ce charme : Théo.

## LITINI

Elle est, dans sa splendeur de femme,
L'idéal si souvent vanté,
Que caresse au fond de son âme
L'artiste épris de la Beauté.

Dans sa hautaine majesté
Quand elle paraît, on l'acclame,
Et son œil noir où luit la flamme
A des éclairs de volupté.

8

Aux yeux de la foule ravie
Elle est Jeanne d'Arc ou Flavie
Ou Pierrette au visage blanc,

Aux héroïnes ressemblant,
Sous la cuirasse ou sous la mante,
C'est la mime la plus charmante.

## GERMAINE GALLOIS

Comparer la femme à la rose,
C'est bien usé, banal aussi.
Il me faut trouver autre chose
Pour vous montrer Germaine ici.

Mais que pourrais-je bien en dire ?
Certes, vous la connaissez tous,
Vous connaissez son gai sourire,
L'éclair joyeux de ses yeux doux,

L'éclat bruyant des gaîtés franches
En son frais visage, pareil
Dans la clarté de ses dents blanches,
Au rayon doré du soleil.

Vous connaissez sa voix très fine,
Aux accents de cristal et d'or,
Tantôt forte et tantôt câline,
Qui s'élève et prend son essor.

Mais, si vous connaissez Germaine,
Qu'est-il donc besoin de vanter
Tous ses attraits ? — Je perds ma peine
En essayant de les chanter.

## BIANA DUHAMEL

Toute délicate et mignonne,
Le diable au corps, charmant lutin
Dont le rire clair, argentin,
Dans son frais visage rayonne,

Divette espiègle, diablotin
La mine drôle et folichonne,
L'air capricieux et mutin
Qu'un piment troublant assaisonne,

Son chant est doux comme un baiser,
Elle excelle en l'art d'amuser;
Poupée adorable et jolie,

Fleur étrange, rare bijou,
De Paris elle est la folie,
La coqueluche et le joujou.

## ROSALIA LAMBRECHT. — *Toto.*

Quand elle est Toto, sous l'ample tunique,
Sous l'étroit képi, sous le court manteau,
Elle a l'air hardi, la mine ironique
    Quand elle est Toto.

Quand elle est Tata, sous sa chevelure
Où l'or du soleil clair se refléta,
C'est la jeune fille adorable et pure
    Quand elle est Tata.

Qu'elle soit Toto, qu'elle soit Tata,
Collégien espiègle ou fillette exquise,
Toute la salle est, de suite, conquise
Par l'étrangeté du duplicata.

Elle est très jolie, — et quand elle chante,
Ravi, le public sait bisser bientôt
Une voix très douce, une voix charmante,
La voix de Tata, la voix de Toto.

## CÉLINE CHAUMONT

Aérienne
L'on dirait
La Parisienne
De Chéret.

## DESCORVAL

La bonne humeur et la gaîté,
L'entrain qui plaît, amuse, attire ;
Dans sa franche sonorité,
Emperlé, s'élance son rire.

### JANE PIERNY. — *Norah la Dompteuse.*

Ensorcelante et capiteuse,
Dans son élégant maillot noir,
Qui, l'indiscret, laisse entrevoir
Une perfection flatteuse,

Sa puissance n'est pas douteuse,
Mais cela n'est rien que d'avoir

Les fauves seuls en son pouvoir.
Cette irrésistible dompteuse,

Cette charmeresse Norah
Pour dompter les hommes n'aura
Qu'à paraître et, bien moins farouche,

Le public sera séduit par
La caresse de son regard
Et le sourire de sa bouche.

## LAVIGNE

L'air rieur, mutin,
Gavroche lutin
Plus vif qu'étincelle,
Etrange pantin
Au joyeux tin-tin
Tirez la ficelle !

## MÉALY

Des yeux aux regards gouailleurs,
Hardis, et dans lesquels pétille
La flamme qui flambe, qui grille...
Des yeux ardents et batailleurs.

Dans les lèvres aux plis railleurs
D'où le rire clair s'éparpille,
L'ivoire des dents blanches brille
A damner tous les émailleurs.

Plus que ses yeux, mieux que son rire,
Ce qu'encor chez elle j'admire,
C'est l'impeccable pureté

De ses épaules, chair splendide
Où passe le frisson rapide
de l'excitante volupté.

## AUSSOURD

Fin visage tout chiffonné,
Qu'un grand flot de cheveux inonde
D'une vague dorée et blonde ;
Air espiègle, indiscipliné.

Nez mignon qui semble obstiné ;
Teint rose où la fossette abonde ;
Dans des yeux bleus comme de l'onde
Un regard toujours étonné.

Une voix délicate et douce,
Limpide, ainsi que, sous la mousse
Le chant du cristal quand l'eau sourd.

Toujours un franc sourire aux lèvres,
La grâce adorable des mièvres...
N'est-ce pas le portrait d'Aussourd ?

## MARGUERITE DEVAL

Deval, c'est l'article « bijou »,
Toute mignonnette de taille.
Très finement chante et détaille,
C'est un très précieux joujou.

### PEYRAL

Une voix charmante,
Au son de cristal,
C'est la séduisante
Et blonde Peyral!

### DERLY

L'œil brillant, les poings sur les hanches,
L'air tapageur, quoiqu'adouci,
Claironnant haut les gaîtés franches,
— La belle fille que voici !

### MILY-MEYER

Fûtée, espiègle, pétillante,
Disant avec naïveté,
Et de sa verve étincelante,
Le couplet le plus pimenté.

Cette exubérante gamine,
Aux airs drôles et séduisants,
Aura toujours quinze ou seize ans,
Et la fraîcheur de Benjamine.

### CASSIV

C ertes, elle est belle ainsi, quand sa splendeur de blonde
A pparaît sous le feu du lustre qui l'inonde.
S a taille est grande et souple, aux contours ondoyants,
S es yeux, d'un noir de jais, ont des lueurs divines.
I ls possèdent l'ardent éclat des pierres fines
V ersant sans les compter leurs reflets chatoyants.

## LÉONETTI

Des yeux bleus noyés d'une extase heureuse,
La voix caressante au ton cristallin,
Un charme infini d'exquise amoureuse,
Au sourire doux, au geste câlin.

## NETTY

Netty, c'est l'article excentrique,
L'air cynique et très ingénu.
C'est l'enfant terrible venu
Dans la fin d'un siècle électrique.

## YVETTE GUILBERT

L'avenir parlera-t-il d'elle,
L'étrange diva, je ne sais,
Elle qui monta d'un coup d'aile
Aux bleus firmaments du succès.

Pour elle, c'est vraiment féerique,
Le grave Lemaître a jeté
Toutes ses fleurs de rhétorique
Pour vanter sa célébrité.

Reine blonde des ingénues
Fin de siècle, le chroniqueur
Hugues le Roux la porte aux nues
Et dissèque son air moqueur.

Grande, vaporeuse, troublante,
Telle à nos yeux elle apparaît
Sur cette affiche étincelante
Où l'immortalisa Chéret.

O poupée étrange, chanteuse
Qui fais d'un geste de ton gant,
Ou d'une œillade capiteuse,
Pâmer ton public élégant,

Tu mérites, toi qui supprimes
L'effroyable banalité,
Que nous versions l'or de nos rimes
Pour chanter ta modernité.

## NEWA CARTOUX

C'est une nouvelle venue,
Mais elle ira très loin, car tous
Sont d'avis que Newa Cartoux
Est une charmante ingénue.

# UNE AUDITION

## Dans un cabinet directorial.

Après avoir fait défiler, nous ne disons pas filer, ce cortège d'étoiles artistiques lyriques et chorégraphiques, en regrettant que les dimensions de ce volume ne nous aient pas permis d'en faire briller un plus grand nombre devant les yeux du lecteur, nous ne croyons pas qu'il soit hors de saison de dire que tout n'est pas rose dans la carrière dramatique.

Pour quelques reines du théâtre, divas, divettes et princesses de comédie, qui escaladent le roc escarpé du succès et de la fortune, que de coryphées, de figurantes, de ballerines, restent toujours dans le rang, ignorées de tous et de toutes.

A côté de ces pauvres filles, qui ont rêvé la gloire et la célébrité et qu'une circonstance fortuite aurait pu mettre peut-être en lumière, il en est d'autres qui s'exhibent sur les planches sans avoir aucune aptitude scénique; elles s'imaginent, en montrant un décolletage effréné et en chantant comme une scie qu'on aiguise, arriver au pinacle et décrocher la timbale.

A ce sujet, retraçons une scène qui se reproduit tous les ans dans certains théâtres de genre, quand on y monte une pièce à femmes, une féerie ou une revue à grand spectacle :

*On demande de jeunes et jolies femmes pour la revue. S'adresser à la régie de deux heures à quatre heures au théâtre de...*

Telle est l'annonce qu'on peut lire dans les journaux, d'octobre à décembre ; et voici généralement la scène à laquelle elle donne lieu :

Toc, toc...

— Qui est là ?

— Je voudrais parler au régisseur général.

— Ce n'est pas moi, je suis le secrétaire.

— Laissez-moi entrer, on m'a dit que vous étiez très aimable, et j'attendrai l'arrivée du régisseur qui n'est pas encore là.

— Entrez.

Une jeune femme parfois jolie, souvent quelconque, pénètre.

— Alors, mademoiselle, vous désirez jouer chez nous ?

— Oui, monsieur.

— Avez-vous déjà été au théâtre ?

— Non, monsieur.

— Savez-vous la musique ?

— Non, monsieur.

— Savez-vous chanter au moins ?

— Non, monsieur ; mais je connais les *Gardes municipaux*, la *Valse des Cocus* et *Ma Gigolette.*

— C'est déjà quelque chose.

— Et puis, j'ai de belles jambes...

— !!!

— Aussi, j'espère bien que vous me ferez donner un rôle, car je ne veux pas être dans les chœurs. Et j'ai dit à mon vieux que j'aurais un rôle épatant. N'est-ce pas que vous consentirez à user en ma faveur de toute votre influence ?

Sur ces entrefaites, le directeur entre, grand, pince-nez « ironique », fine moustache ; un signe du secrétaire l'avertit, et comme il a un peu de répit pendant qu'on répète la pièce qui doit précéder la revue, il fait entrer la postulante dans son cabinet, suivi du secrétaire général et du secrétaire du susdit, du compositeur, de l'administrateur, d'un ami et d'un journaliste.

La demoiselle ne se trouble pas devant tout ce monde, fait voir ses jambes, qui ont une certaine analogie avec un cent d'allumettes, et dit au directeur : Voulez-vous que je chante les *Municipaux?* (Elle y tient.)

Le directeur, qui ne connaît pas la musique de cette poésie suave, et qui est excellent pianiste, se met devant son Erard ou son Pleyel,

A moins que ce soit un A. Bord.

Et dit : Non, mademoiselle, ne me chantez pas les *Municipaux*, mais chantez sur l'air que vous voudrez :

> J'suis l'av'nu' de la République.
> Hier, on m'a percée,
> Et je suis large, oh ! oui, bien large.

Allons, attaquons !

Et la demoiselle de chanter à tue-tête :

> Je suis si laaaarge,
> Je suis si laaarge.

Aussitôt un fou rire qu'on a toutes les peines du monde à réprimer s'empare de tous, pendant que le directeur, maître de lui, mais non sans peine, dit gracieusement à la jeune personne : C'est parfait, mademoiselle, vous allez donner votre adresse au régisseur général, qui vous écrira la semaine prochaine pour la lecture.

La personne s'en va ravie, pendant que les auditeurs, aussitôt la porte fermée, s'esclaffent follement. Le lendemain, elle se fait faire des cartes de visite en mentionnant sa qualité d'artiste du théâtre de*** et attend son bulletin de répétition qui n'arrive jamais. Et c'est pourquoi les journaux continuent d'annoncer : « On demande de jeunes et jolies femmes pour la revue, au théâtre de*** ».

# L'AVENIR

*L'avenir est à Dieu.*

Victor Hugo.

Nous le voyons en beau.

Vers l'Exposition de 1900, nous n'entendrons plus la triste et sempiternelle exclamation qui résonne aux oreilles, toute la journée dans le monde où l'on travaille, et la nuit dans celui où l'on s'amuse.

A cette époque, nous serons au bout du rouleau et de nos maux en même temps. C'est alors que nous en verrons de drôles et de plus divertissantes qu'à l'heure où nous écrivons (4 heures moins 5).

En 1900, la Bourse sera heureuse comme était jadis la Bourgogne. Les spéculateurs et les clients envahiront de nouveau le temple redevenu trop petit et qu'il sera question de transporter au Palais des Machines ou au Palais de l'Industrie. Ce dernier emplacement me paraît bien plus de circonstance, vu le nombre toujours croissant de *chevaliers* qui sont de la Bourse le plus vilain ornement. On comptera deux ou trois émissions par jour. Elles seront couvertes avant d'être ouvertes, ce qui évitera les courants d'air. Tous les boursiers rouleront... non leurs clients, mais sur l'or, et exerceront la polygamie sur une large échelle. Ils auront des sérails à rendre jaloux le Grand-Turc lui-même. Les cafés seront insuffisants pour contenir la foule des consommateurs. On établira comme à la fête des Loges des buvettes en plein vent sous les marronniers. On créera de nouvelles charges d'agents, et tous ceux qui ont écoppé à la chute de l'Union seront privilégiés, ce qui n'embêtera pas leurs ex-associés, au contraire.

Le Métropolitain sera terminé et ses détracteurs auront le bec fermé. Les recettes seront colossales.

Celles des Omnibus seront *écrasantes*, c'est le cas de le dire.

Il y aura tellement de monde dans les théâtres qu'en dehors des matinées dominicales on organisera des représentations qui commenceront à sept heures du matin, à l'usage des provinciaux qui se lèvent avec l'aurore, ce qui ne veut pas dire pour cela qu'ils soient vertueux.

Les cafés du boulevard regorgeront de monde : non contents d'accaparer les trottoirs, les garçons mettront des tables sur la chaussée, et quand ils crieront : « Versez terrasse ! », on ne sera pas étonné de voir des machines roulantes à trois chevaux verser sur les consommateurs.

L'électricité brillera partout. Le vieux gaz sera mis en fuite du coup.

Il n'y aura plus que des rosières sur les boulevards. Quant à la Société Alphonse et Cie, ses
membres se seront dispersés aux quatre coins du
globe, ils défricheront la terre. Ce n'est pas un mal,
puisque depuis que le monde est monde on répète
que l'agriculture manque de bras.

Jaluzot fera une exposition monstre de parapluies
au *Printemps*, dont les actions vaudront 413 francs.

« *Le vrai peut quelquefois n'être pas vraisem-
blable.* »

On continuera de jouer *Miss Helyett* et l'on re-
prendra pour la vingtième fois le *Grand Mogol*.

Paulus sera du Conseil municipal et le citoyen
Mesureur marguillier de Saint-Eustache.

Judic aura maigri et Sarah Bernhardt engraissé.
Le chapelier Léon ne fera plus de réclames.

C'est au concert des Ambassadeurs que les jeunes
filles des pensionnats à la mode suivront des cours
de maintien et de belles manières.

On sortira rassasié des Bouillons Duval. Les actions baisseront, à la grande joie des porteurs qui
n'aiment pas à s'engraisser aux dépens de leurs com-
patriotes.

Il n'y aura plus un seul duel de journalistes.

Alphonse Allais entrera à l'Académie... pour demander des nouvelles d'Alexandre Dumas.

Le Mobilier espagnol reverra le pair et les allumettes prendront.

Le divorce sera supprimé. Il sera créé un ordre

musical à l'usage des professeurs, des littérateurs et des gens de lettres, puisque les palmes sont maintenant données aux musiciens de préférence aux gens de *plume*.

Il n'y aura plus de camelots sur les boulevards !

Le prix des huîtres diminuera. Toutes les figurantes des Nouveautés et des Menus-Plaisirs posséderont un hôtel avenue de Villiers. Elles auront du talent.

Les auteurs de ce livre seront sérieux... et de l'Académie !

Amen.

FIN

# INDEX

## des Noms cités dans ce Volume

*(Les noms imprimés en italiques indiquent
les pseudonymes.)*

---

# TABLE DES MATIÈRES

PHYSIONOMIES PARISIENNES :

4177 — Paris, imp. J. Kugelmann, 12, rue de la Grange-Batelière.

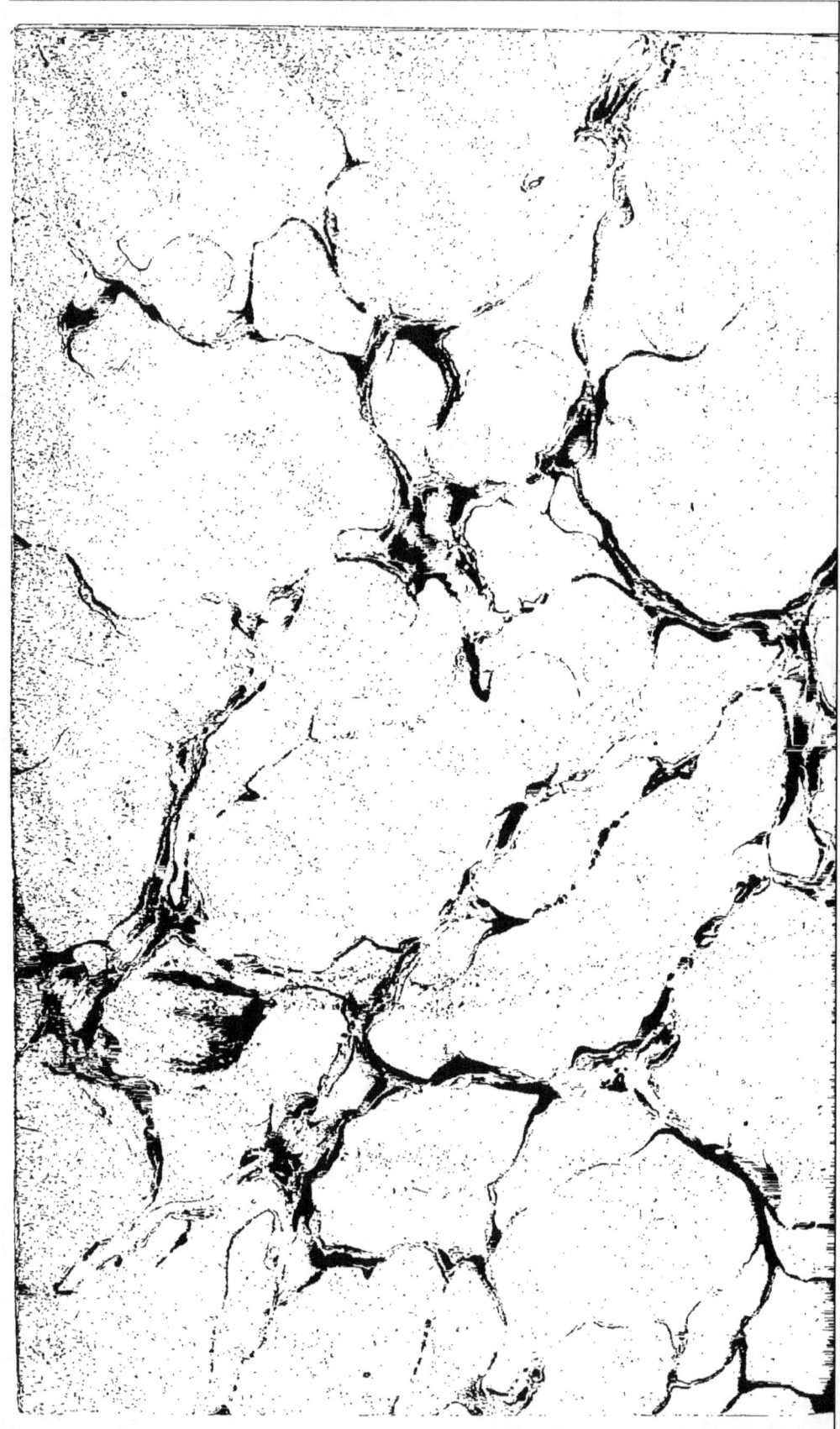

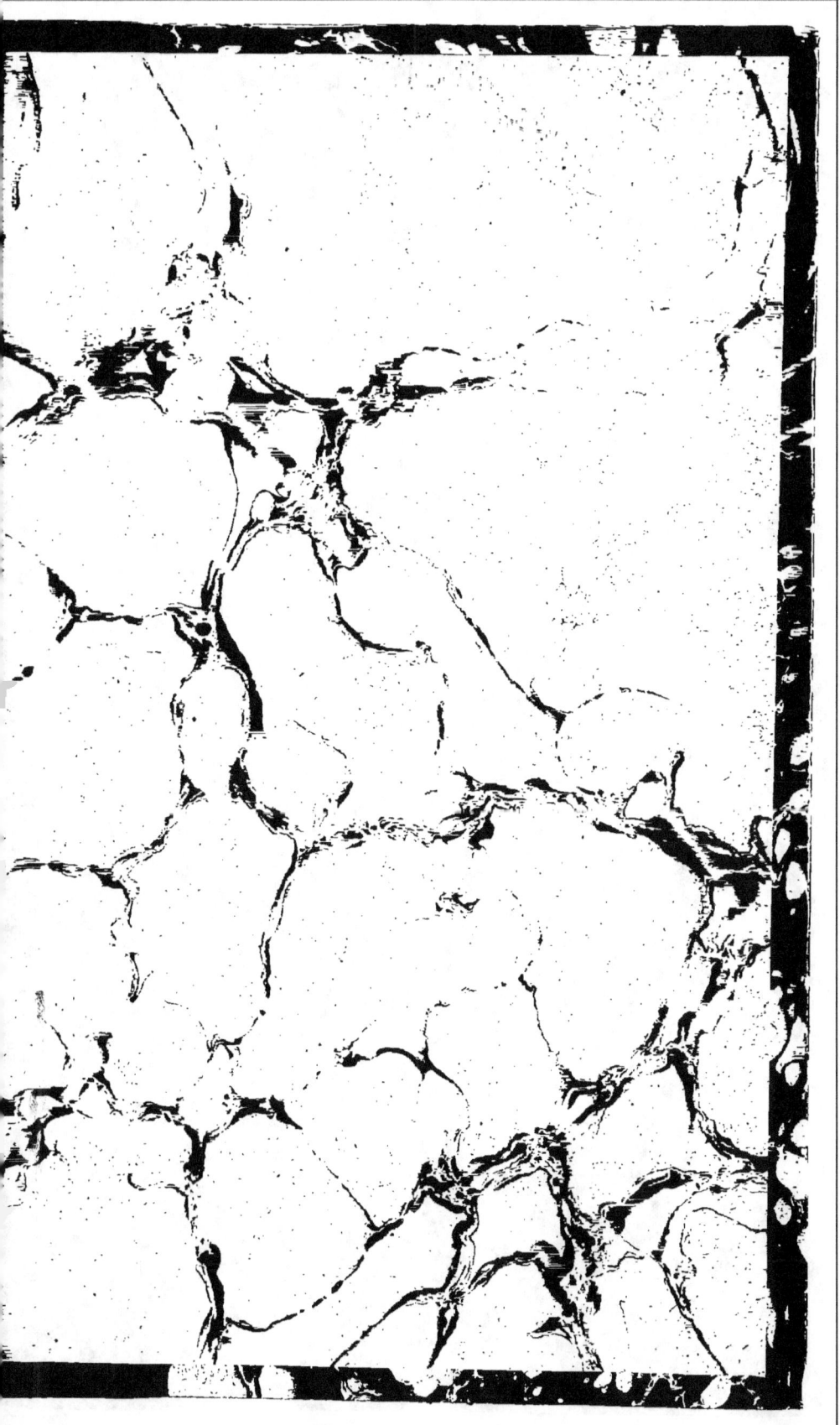